W0333229

Soleil d'Or

DU MÊME AUTEUR

Cuisiner, un sentiment, Carnets Nord 2010 ; Éditions de l'Épure, 2021.
Marguerite, Carnets Nord, 2017 ; Folio, 2022.
Les recettes de la vie, Stock, 2019 ; Folio, 2020.
Plus on est de fous plus on s'aime, Stock, 2022 ; Folio, 2023.

Jacky Durand

Soleil d'Or

roman

Flammarion

© Flammarion, 2024.
ISBN : 978-2-0804-5076-0

À L. et à son île.

Première partie

Chapitre 1

François roule sa première cigarette juste avant l'aube. Du « gros cul », du « tabac de troupe », comme on dit à l'armée. Il ajoute toujours une écorce d'orange pour humidifier ce tabac grossier qu'il conserve dans une blague au cuir craquelé. C'est l'heure bleue entre ciel et mer. Tout est silence. Il s'entend murmurer au-dessus de la flamme jaune de son briquet : « C'est sûr, Anna arrivera aujourd'hui par le bateau de 10 heures. » Il l'attendra un peu à l'écart du quai du petit port de l'île. Elle descendra parmi les derniers passagers de la navette. Elle ne le verra pas tout de suite. L'homme à tout faire de l'hôtel des Arbousiers portera ses bagages jusqu'à la Jeep qui assure le transport sur l'île. C'est là qu'Anna lèvera ses yeux verts sur le rocher fauve contre lequel François sera adossé. Pour ces deux-là, le temps se figera dans l'intensité des retrouvailles tant attendues. Ils iront lentement à la rencontre de l'autre, leurs sourires naissant et grandissant à mesure qu'ils se rapprocheront. Anna lui soufflera un « bonjour » plein de grâce avec son délicieux accent chantant. François tardera à lui répondre, sa voix étranglée par l'émotion. Du plus profond de ses tripes montera un borborygme rauque, sauvage. Il restera figé, complètement bouleversé.

Alors, Anna lui prendra les mains sans un autre mot. Ils resteront ainsi une éternité au milieu du ballet des marchandises que l'on débarquera. Mais ils n'entendront rien, ne verront personne. Même pas les habitants de l'île dévisageant ce couple si peu harmonieux en apparence. Elle si élégante dans sa robe de mousseline blanche, sa longue chevelure rousse coiffée d'un chapeau de paille entouré d'un ruban de soie flottant dans l'air. Lui habillé ou plutôt dépenaillé dans les seules frusques qu'on lui connaît : un short et un tricot de peau kaki usés par le soleil et l'eau salée. Ils s'enlaceront dans la brise déjà chaude de ce matin de juillet. Ils s'embrasseront, se mangeront dans un baiser sans fin. « On aurait dit Vivien Leigh et Clark Gable dans *Autant en emporte le vent* », se souviendra longtemps après une témoin. Qu'importe si François ne connaît pas le film de Victor Fleming. Il s'en fout du cinéma, il sera tout à elle, nageant de bonheur dans le vert des yeux d'Anna qui s'accrochera avec fougue à son cou. Ensemble. Enfin ensemble.

« Vous montez avec moi ? » leur lancera le chauffeur de la Jeep. Anna l'interrogera du regard, François lui désignera la bâtisse blanche aux volets bleus de l'hôtel des Arbousiers, nichée là-haut dans le maquis. Elle lui dira d'un ton décidé :

Chapitre 1

« On y va à pied.

— T'es sûre ? Ça grimpe sec », l'avertira François.

Elle secouera la tête avec l'assurance d'un garçon manqué. « Tu oublies que je suis montée là-haut bien avant toi », dira-t-elle, taquine. Il la prendra tantôt par la taille, tantôt par les épaules pour cette longue ascension sur de larges marches. Car ils s'arrêteront souvent pour s'embrasser dans le vacarme des cigales. Il y aura dans cette succession d'étreintes le vertige de l'amour et la fièvre du désir. Ils auront du mal à reprendre leur souffle entre deux marches, entre deux baisers. François lui cueillera une fleur d'ipomée bleue qu'elle glissera dans le ruban de son chapeau. Ils se retourneront pour contempler la mer où le *Saint-Hilaire*, le bateau ravitaillant l'île, ronronnera en reprenant le chemin de la côte. Ils le fixeront sans un mot : c'est sûr, ils ne se quitteront plus jamais. Jamais.

Des années que François répète ce scénario avant chaque petit jour de l'été. Des siècles qu'il l'attend, qu'il y croit. Depuis cette nuit de l'hiver 1944-1945 où, sous une couverture militaire rêche, ils se sont ouverts l'un à l'autre et ont fait l'amour comme jamais dans une gare de l'est de la France. Le coup de foudre, l'absolu, l'unique, celui de peu de vies. Pourtant, ils n'avaient rien fait pour se chercher et se trouver. Elle, de la bonne société américaine, étudiante en littérature française devenue infirmière dans la boucherie de la Seconde Guerre mondiale. Lui, né de personne à Paris et placé par l'Assistance publique dans une ferme du Morvan. Maquisard dans les forêts profondes puis soldat de la Libération. Tout cela à cause d'une simple cigarette.

Sur le quai bondé de la gare, encombré des bardas de soldats, Anna tente désespérément d'allumer une Lucky Strike avec une allumette qu'éteint aussitôt une méchante bise. Au milieu de la foule, François l'a repérée à son geste acharné sur le grattoir de sa boîte d'allumettes. Il n'y a que quelques pas entre eux. Il enjambe une cantine militaire et lui tend sans un mot le feu de son briquet dont il fait claquer le capot en l'ouvrant. Penchée sur sa cigarette, elle lui dit « merci » d'un ton machinal sans un regard pour lui. Mais il a pu apercevoir ses yeux verts. Une paire d'émeraudes comme il n'en a jamais vu auparavant et qui le laisse hypnotisé, chaviré, décontenancé. D'autant que lorsque la chevelure rousse se relève, la clope au bec, les yeux verts le transpercent à la vitesse d'une balle de Mauser allemand. Il sait ce que c'est. Il a vu tellement de copains tomber comme ça, d'un coup, au feu. Clac, mort. Tiens, la dernière fois, dans une sapinière des Vosges récemment conquise, le gars qui marchait à côté de lui était en train de lui parler de la bouteille d'eau-de-vie de mirabelles offerte par un paysan de la vallée de Munster, quand il s'est figé un dixième de seconde après une sourde détonation. Il a chancelé en levant les yeux vers la cime des sapins et s'est effondré sur un tapis de mousse et de feuilles mortes où son casque lourd a roulé. À plat ventre à côté de lui, François a mis sa main sur sa poitrine. Elle était immobile, l'autre ne respirait déjà plus dans sa chemise gorgée de sang. François a senti son cœur s'emballer comme une furie en cherchant désespérément une cible. La mire de son fusil fourrageait dans un dédale de troncs givrés quand une rafale de pistolet-mitrailleur a déchiré l'air. Puis il y a eu un silence qui lui a paru une éternité, jusqu'à une bordée d'injures en arabe. François s'est relevé lentement et est allé à la rencontre des goumiers marocains qui venaient de faire la peau à ce salaud de sniper SS allemand qui ressemblait à un bonhomme de neige dans sa combinaison de camouflage blanche.

Est-ce que l'amour peut être aussi subit que la mort, se demande-t-il alors que son cœur s'emballe sous sa veste de combat crasseuse. Jamais il n'a ressenti cela. Ça chavire, ça bouillonne, ça se déchaîne en lui. C'est comme un torrent furieux à la fonte des neiges charriant un déluge d'émotions et de sentiments : l'amour, la peur, le désir, le feu, la glace, la tempête, l'idolâtrie, l'ardeur, la fièvre, la curiosité... Il est tétanisé alors qu'ils fument sous un crachin glacial à un bras de distance. Il n'ose pas bouger, fixant obstinément les rails et le ballast. C'est Anna qui parle en premier en tournant la tête ; un français chantant, nourri par la lecture de Balzac, Flaubert et Loti. D'où vient-il ? D'un l'hôpital de l'arrière où on lui a ôté un éclat d'obus du ventre. « Rien de bien méchant, aucun organe vital touché », souffle-t-il en caressant sa ceinture de flanelle. Il repart combattre vers l'Allemagne.

Il a la désagréable impression d'en avoir trop dit. C'est vrai qu'il n'a pas l'habitude qu'on lui pose des questions. Là-bas, dans le Morvan, c'étaient déjà des taiseux entre eux, alors causer à un enfant de l'Assistance, probablement un enfant de putain toujours au cul des vaches… Pire qu'un bouseux. Mais là, c'est plus fort que lui. Il faut qu'il se lance : « Et vous ? » finit-il par oser. Anna est infirmière dans l'armée américaine. Elle attend un train sanitaire qui ne vient pas. « Le vôtre non plus, visiblement ? » Il tremble à l'idée qu'elle le prenne pour un tire-au-flanc, un lâche.

Le ciel gris métallique annonce le crépuscule. Anna piétine sur le quai. « Vous avez froid aux pieds ? » risque François. Elle hoche la tête, agacée, comme si elle lui disait : « Ça ne se voit pas ? » François ouvre son havresac et en sort une paire d'épaisses chaussettes de laine. « Tenez, le froid vient toujours par les pieds. » Il le sait depuis qu'à neuf ans à peine, il gelait dans les mornes pâtures du Morvan. À cette époque, il mettait du journal et de la paille dans ses sabots pour se réchauffer. Anna tente de masquer un léger sursaut de surprise : « C'est très gentil mais je ne peux pas accepter, vous priver de vos chaussettes alors que vous repartez au combat. » François insiste en les tendant :

« Mais si, j'en ai de rechange. On nous les a offertes dans les villages libérés où il y a des filatures et puis si j'ai encore froid, je doublerai les paires.

— Vous me jurez que vous en avez d'autres ?

— Puisque je vous le dis. »

Chapitre 1

Elle ôte ses gants pour se saisir des chaussettes. La laine beige est douce, réconfortante comme le regard de cet homme qui respire la bonté. Elle le trouve immense dans sa veste M43. Pourtant, en vérité, il n'est pas très grand. Robuste certainement. Comme un travailleur des champs. Elle a tout de suite remarqué sa peau hâlée et tannée. Très brune, comme ses yeux qui luisent étrangement entre chien et loup. « Je vais aller m'asseoir sur le banc là-bas pour les enfiler. » François n'a jamais vu une femme se déchausser. Ni se déshabiller d'ailleurs. Après le conseil de révision le déclarant apte au service militaire, il était allé au bordel pour faire comme les autres. Il avait laissé la prostituée le masturber sans se déshabiller, le regard ailleurs. C'était allé très vite. Un bref plaisir muet, machinal, presque résigné. Les autres gars lui avaient dit qu'il était « un rapide ».

Anna ôte ses bottes à haute tige et ajuste les chaussettes. « *God !* Que c'est bon », souffle-t-elle alors qu'il se met à neiger. D'abord les flocons sont petits puis de plus en plus gros. Ils tombent de biais, fouettant les visages. Anna tente d'interpeller le chef de gare qui passe en trombe et lui lance sans se retourner : « Aucun train ce soir et cette nuit. Vous pouvez rester au chaud dans la salle d'attente si vous trouvez une place ou aller au buffet de la gare. » François finit de se rouler une cigarette, pensif dans l'obscurité. L'inconfort ne lui fait pas peur, il a toujours vécu dedans. Mais il s'inquiète pour les yeux verts qui, quelques secondes, ont l'air perdu avant de retrouver leur détermination : « Venez, allons boire quelque chose de chaud. »

Au buffet de la gare, Anna demande de l'eau chaude et sort deux sachets de café soluble des rations K de l'armée américaine. Elle sert François en prenant son bol. Comme si elle l'avait toujours connu, se dit-il alors que c'est la première fois qu'il s'attable avec une femme dans un café. Ils boivent en silence en s'épiant au milieu du brouhaha des résistants de la dernière heure avinés, des voyageurs perdus qui se racontent leur infortune, des mômes qui pleurent de fatigue. Chaque fois qu'ils se regardent, ils se sentent aspirés par un amour fou, un déluge de désir. Il boit son regard comme un nourrisson boit celui de sa mère en tétant son sein. Anna aime les mains de cet homme accrochées à son bol. Elles sont à la fois fines et calleuses avec les doigts jaunis par le tabac qui trempent délicatement un biscuit de ration dans le café. Elle sent poindre en elle une vibration qui va en s'amplifiant. D'abord, elle ne comprend pas car la trépidation erre sans but dans son corps. Puis elle la sent monter d'un bond dans sa poitrine et se mettre à taper fort. Elle plonge ses yeux verts dans son bol qui lui semble un gouffre. Comment se peut-il qu'un inconnu rencontré il y a quelques heures sur un quai de gare la remue ainsi aussi subitement, aussi fort ? Non, c'est impossible. Elle est entrée dans la guerre avec la certitude qu'on ne peut pas s'y aimer. Elle a résisté aux avances d'un chirurgien, d'un officier américain et de bien d'autres hommes. Et là, c'est comme si elle avait perdu la maîtrise d'un jeu de cartes éparpillé sur une table de bridge. Elle est d'autant plus chamboulée que François n'a rien d'un séducteur. Elle sait qu'il est à mille lieues de son monde de l'autre côté de l'Atlantique. Qu'il n'a jamais vu l'Empire State Building, le pont de Brooklyn, le défilé des taxis Chevrolet jaunes. Qu'il serait comme un chien au milieu d'un jeu de quilles chez Tiffany qui a ouvert sa nouvelle boutique de bijoux en 1940 sur la Cinquième Avenue. Qu'il n'a jamais mordu dans le divin sandwich au pastrami de chez Katz.

Quand il sort sa blague à tabac, elle lui tend une Lucky. « Vous voulez goûter ? » Il accepte et tire trois longues bouffées.

« Alors ?

— C'est doux, dit-il.

— Doux comment ?

— Doux.

— Ça ne veut rien dire, décrète-t-elle.

— J'ai pas d'autre mot.

— Je suis sûre que si. »

Il hausse les épaules. « Cherchez bien. » Il a quelque chose sur le bout de la langue mais il hésite, ça vient du Morvan, ça va le faire passer pour un péquenaud. Mais les yeux verts insistent, mutins. Ah, ces yeux verts ! Allez, tant pis, il saute dans le vide. « J'ai l'impression de fumer du foin. » Elle éclate de rire. Il la dévisage d'un air interdit.

« J'ai dit une bêtise ?

— Non, s'étrangle Anna. Mais vous avez vraiment déjà fumé du foin ?

— Du foin non mais de la viorne oui. Quand j'étais gamin.

— De la viorne ?

— C'est une sorte de liane qui pousse dans les haies », précise François d'un air enjoué.

Il n'a plus peur. Enfin presque plus peur. Un mur s'est brisé avec les questions d'Anna. Alors, il lui parle comme s'il prenait sa main pour l'emmener dans son monde à lui d'avant la guerre. Le bocage et les monts du Morvan. Les premiers pissenlits au printemps. Les sifflets dans un morceau de sureau. Les noix vertes de la Saint-Jean que l'on fait macérer dans le vin. Les fraises et les girolles des bois. Les nuits blanches à veiller sur la vache en train de vêler. Le lait tiède et mousseux au sortir du pis. L'œuf que l'on gobe au cul de la poule. Le bonheur retrouvé de l'odeur de la première herbe du printemps. Elle l'écoute le menton dans les mains, ses coudes se rapprochant imperceptiblement quand à son tour elle se raconte. Mais elle ne veut pas l'effrayer, prendre le risque de l'éloigner. Elle n'évoque pas sa vie new-yorkaise dans le ghetto des milliardaires aussi surprotégé qu'étouffant pour elle. Elle peint en mots ses courses folles dans les champs et les bois de l'immense propriété familiale du Vermont, les Green Mountains, la neige à Killington, les randonnées sur le Mount Mansfield, les érables dont les frondaisons sont couleur de feu à l'automne, les baignades dans les lacs.

Elle est interrompue par un « Je peux ? » sans ambages. Ils sont face à l'objectif d'un reporter de guerre américain. Anna ne laisse pas à François le temps de réfléchir :

« Oui, à condition que vous nous donniez à chacun une photo.

— Promis, je développe tout de suite », assure le journaliste.

François est ébloui par le flash et surtout il a le plus grand mal à ne pas sursauter quand il sent la main d'Anna sur la sienne alors que l'objectif se déclenche. Il n'a jamais connu un geste d'une telle chaleur humaine. Sa peau est comme de la soie chaude. En même temps, elle électrise tout son corps. Les yeux verts le fixent, rieurs, tendres. Ils semblent lui demander : « Tu es bien ? »

Désormais, leurs mains ne se quittent plus. Pour Anna, c'est comme une ancre accrochée dans le petit port de l'île de son enfance. Pour François, c'est comme un rêve éveillé, il appuie sur la cicatrice encore douloureuse de son ventre pour vérifier qu'il est bien conscient. Anna lui caresse la paume des mains. C'est si bon, si doux qu'il en pleurerait de bonheur. Sa paume qui ne connaît que la crosse glacée du fusil, le manche épais du merlin quand il fend un tronçon de chêne. Se peut-il que l'on soit si transi d'amour avec des gestes aussi simples ? « À quoi pensez-vous ? » lui souffle Anna. Il se sent tout pataud à l'idée de lui répondre. Il n'a pas les mots. Ou plutôt si, il les a. Mais il redoute un faux pas qui viendrait tout gâcher.

Un mot de trop qui l'effraierait. Il l'aime d'amour. Il l'aime depuis la nuit des temps. Il l'aime par-delà les montagnes, les océans, les nuages, les étoiles et surtout la guerre. Alors, il se lâche comme quand, gamin, il sautait dans le foin depuis la haute poutre de la charpente de la grange.

« Je n'ai jamais été aussi heureux que ça.

— Ça veut dire quoi ça ?

— Tout », bredouille François.

Elle secoue sa longue chevelure rousse en arrière en le regardant se mordre la lèvre. Elle chantonne « ça », « ça », « ça » en frottant ses mains puis se lève : « On sort ? »

Il gèle à pierre fendre. On entend le ronronnement des camions GMC dans la cour de la gare. Ils font quelques pas sur la neige durcie, main dans la main.

« Vous n'avez pas froid ?

— Non, et de toute façon, mes gants sont dans mon sac à dos, j'ai la flemme de l'ouvrir », dit François.

Il ne veut pas lui avouer qu'il aime le contact de la laine de ses gants sur sa peau. « La flemme », qu'elle répète. Elle s'arrête brusquement, lui fait face et lui murmure d'une voix émue : « Et pour ça, vous auriez la flemme ? » Elle se rapproche et dépose un léger baiser sur ses lèvres gercées. C'est la première fois qu'une femme embrasse François. Il la laisse revenir une deuxième fois, puis une troisième, allant crescendo. Il s'enivre de son souffle chaud, de la caresse de ses cheveux sur ses joues. Il se perd dans l'émeraude de ses yeux. Elle frémit quand il l'enlace avec un mélange de douceur et de force. On siffle autour d'eux dans les camions où les chauffeurs leur font des appels de phares. François voudrait que cette étreinte ne s'arrête jamais mais le froid se fait vraiment trop mordant.

Le veilleur de l'hôtel les toise avec mépris : « Vous avez pas vu que c'est affiché complet ? Et c'est partout pareil en ville. » Comme s'ils étaient un couple adultérin d'un soir. Anna défie sa morgue : « Vous n'êtes pas content d'être libéré ? » La mine de l'autre devient embarrassée :

« Ben si, mais il n'y a vraiment plus aucune chambre de libre. L'armée a tout réquisitionné.

— C'est vrai, ironise Anna. Vous avez simplement changé de clients. Hier, c'étaient les Allemands, aujourd'hui, ce sont les Américains. »

François n'en revient pas de son culot. Dans l'adversité, il n'a jamais eu les mots. Seulement les poings. Depuis la communale où on l'avait traité de « fils de pute ». Il avait répondu par une droite sévère et un coup de genou bien placé. Ce qui lui avait valu une sacrée raclée à la ferme. Il avait essuyé son nez ensanglanté avec une poignée de foin et sangloté en caressant la Ponette, sa vache préférée.

« Que fait-on ? » s'inquiète Anna alors qu'ils s'en retournent vers la gare où la salle d'attente et le hall sont tellement bondés qu'on ne pourrait pas y mettre un seul pied. On dort à même le sol, les chanceux collés aux radiateurs en fonte. François hume l'air. « Venez », fait-il sur un ton décidé de paysan morvandiau en lui serrant fort la main. « Où m'emmènes-tu ? » Il est aussi surpris qu'ému car Anna vient de passer du vouvoiement au tutoiement. Il dissimule son hésitation en lui donnant un léger baiser. « Tu verras », dit-il en se dirigeant avec assurance vers des entrepôts derrière la gare. Il pousse la porte de l'un d'eux et aussitôt une tiédeur animale les saisit.

« Il y a des chevaux ici, dit Anna.

— Je sais, c'est l'odeur du crottin qui m'a guidé. Là où il y a des chevaux, il y a de la paille et du foin. »

Il la voit sourire dans la flamme de son briquet. Un cheval hennit. François aperçoit l'échelle qui conduit au fenil. Ils se blottissent dans le foin où François a étalé sa veste de combat et déroulé sa couverture grise. Anna a retiré sa pèlerine pour s'en servir de couverture. Ils frissonnent d'émotion et de désir. François n'en finit pas de contempler ses yeux verts. À regret, il éteint son briquet pour économiser l'essence. Ils se serrent l'un contre l'autre et ne font plus qu'un seul être fougueux et ardent. Elle défait sa ceinture de flanelle parce qu'elle sait qu'il est bien trop timide pour en prendre l'initiative. Elle glisse sa main sous sa chemise et caresse sa poitrine. Il gémit et se sent un peu honteux d'avoir ainsi manifesté son désir. Elle embrasse son ventre et ses lèvres butent contre le gros bourrelet de sa cicatrice.

« Tu as mal ?

— Non », ment-il.

Un homme, ça ne se plaint pas, ça tait sa souffrance. Il a appris ça tout seul. Il n'avait pas le choix. Même quand une vache récalcitrante lui donnait un coup de sabot à la traite. Anna remonte la tête. Il l'embrasse dans le cou, d'abord délicatement puis de plus en plus furieusement alors qu'il bande comme l'étalon noir qui avait gagné le premier prix à la grande foire de Saulieu. Il ne peut s'empêcher de mordre sa peau laiteuse mouchetée de taches de rousseur. Elle pousse un petit cri. Il s'interrompt. « Pardon, je t'ai fait mal ? » Elle éclate de rire : « Mais non, c'est parce que c'est bon. » Maintenant, leurs sexes nus se frôlent. Ils font durer l'attente juste parce qu'ils savent déjà à quel point leur coït va être grand, stratosphérique. Quand il la pénètre, il n'y a plus de guerre, plus de France, plus d'Amérique. Mais un seul continent d'amour où ils jouissent avec un bonheur fou. Après l'orgasme, ils restent l'un dans l'autre. Anna lui chuchote à l'oreille :

« Surtout ne bouge pas, je suis tellement bien.

— Et moi donc », souffle François.

Ils se taisent, happés par la fatigue. Non, ils ne dormiront pas, c'est impensable. « Raconte-moi l'île dont tu m'as parlé au buffet de la gare », demande François. Il n'a jamais vu la mer, encore moins une île. Il ne connaît que les étangs du Morvan et les baignades en solitaire dans les eaux sombres pour enlever les herbes collées par la transpiration lors des fenaisons. « Donne-moi du feu. » Il allume la cigarette d'Anna et retrouve un instant la fulgurance de ses yeux verts.

« Imagine que l'on vient de faire l'amour au soleil couchant sur un gros rocher plat dans un endroit qui s'appelle la crique des Moines. On plonge dans la mer, on nage, on a faim. On remonte à l'hôtel, on s'installe sur la terrasse qui domine le large. Là-bas, tout là-bas, c'est l'Afrique. Le serveur nous apporte la soupe de poissons que j'aime tant. Tu me fais des tartines de rouille sur du pain grillé.

— De la rouille ? s'étonne François.

— C'est une sauce qui accompagne la soupe de poissons. La cuisinière de l'hôtel m'a appris à la faire avec l'ail et l'huile d'olive dans un mortier de pierre. On a tellement faim que l'on vide une soupière entière. Maintenant, il fait nuit. On va se promener sur la corniche main dans la main. Il fait tout noir mais je connais par cœur le chemin. On ira s'asseoir au port, tout au bout du quai, on regardera en silence les petites lumières de la côte et le rayon rouge du phare.

— Et après ?

— Nous remonterons nous coucher aux Arbousiers. Puis je fermerai la moustiquaire du lit. Je me calerai contre ton épaule et te demanderai de me raconter encore des histoires sur le Morvan. Tu ronchonneras que tu m'as déjà tout dit depuis le temps. »

François rit :

« Et alors ?

— Alors tu m'imagineras des champs de pâquerettes et de coquelicots, le vieux chêne dans lequel tu grimpais enfant, les marrons grillés sur le feu l'hiver, la naissance du petit veau de la Ponette et que sais-je encore… »

Rêveuse, elle soupire de plaisir alors qu'il caresse ses cheveux.

« Et après ?

— Après... »

Ils s'étreignent et font à nouveau l'amour, ignorant le bourdonnement des B-17, là-haut dans la nuit, qui vont bombarder l'Allemagne.

Anna se réveille en sursaut. Combien de temps ont-ils dormi ? Un quart d'heure ? Une heure ? François éclaire avec son briquet la montre d'Anna. Sept heures. Ils entendent le grondement d'un train qui passe sans s'arrêter à la gare. Vite, il faut se lever. Anna est encore plus belle avec les brins de foin accrochés à ses cheveux. François veut les lui enlever, elle fait non de la tête. Ils croisent le palefrenier qui nourrit les chevaux. Il leur fait un clin d'œil amusé. Une foule désordonnée, nerveuse, se presse devant les guichets et le bureau du chef de gare. Anna et François la fendent avec l'assurance que leur procurent leurs uniformes. Un cheminot hurle dans le téléphone avant de raccrocher bruyamment. Le train de François ? Pas de nouvelles, grogne-t-il. Celui d'Anna ? Il consulte un registre sur lequel il a griffonné au crayon de papier. « D'ici une demi-heure. » Ils se figent, sans voix, alors que la foule les presse de quitter le guichet. Une demi-heure. Trente minutes pour se dire quoi ? Pas un millième de seconde ils ne s'imaginent en rester là sur ce quai glacé, où la bise redouble dans le gris du petit jour. Impensable. Alors au revoir ? Non, ce sont des mots bien trop fades.

Adieu ? Ce serait pire. Ce serait la faute de la guerre. Un éclat de mortier, une balle, un coup de baïonnette, un corps qui s'effondre et puis le néant. Non, c'est impossible après la nuit qu'ils viennent de passer. Ils s'enlacent furieusement à s'en couper le souffle. Non, elle ne pleurera pas. Ça ne se fait pas, chez les wasps, la société bien-pensante à laquelle elle appartient. Même si avec cet homme, ce serait différent. François tient le visage d'Anna entre ses mains comme s'il voulait l'emporter avec lui. Bien au chaud enroulé dans sa couverture.

Le train d'Anna entre en gare. Encore un long baiser, leurs souffles de vie mêlés. Ils savent qu'ils s'aiment d'amour. Comme jamais. Mais il faudra attendre la fin de la guerre pour se le dire. Quand le train sanitaire s'ébranle, François a dans sa poche une adresse aux États-Unis et la photo d'Anna et de lui prise par le reporter au buffet de la gare. Ils en ont chacun un exemplaire. C'est sûr, ils se retrouveront l'année prochaine sur cette île d'or, à l'hôtel des Arbousiers. Lui n'a pas d'adresse, pas de famille qui l'attend. Mais quand la boucherie sera terminée, François ira attendre Anna sur le gros rocher plat de la crique des Moines. Il y aura bien de l'ouvrage pour lui sur l'île. François sait travailler la terre, couper du bois, planter des patates, monter un mur en pierres sèches. Anna lui écrira au minuscule bureau de poste.

Chapitre 2

États-Unis, 1945

La traversée du bateau qui la ramène aux États-Unis est interminable pour Anna. D'autant qu'elle vient une fois de plus de sortir de la cabine pour vomir par-dessus bord. Elle s'accroche au bastingage en maudissant le mal de mer. Elle espère qu'elle ne souffrira pas autant quand elle fera le voyage inverse pour retrouver François. Dans l'obscurité d'une nuit calme, un peu plus loin que les Açores, elle les imagine ensemble sur ce *liberty ship* fatigué. Elle voudrait que la pleine lune éclaire leurs deux mains entrecroisées sur le parapet. La rousse et la brune. Celle de la wasp et celle du commis de ferme. Elle est prise d'une nouvelle nausée et crache un mince filet de bile. Elle n'a plus rien à vomir, elle ne peut rien avaler. « Force-toi, lui répète sa compagne de cabine. Tu devrais aller consulter Patton. » Patton, le médecin du bateau. Ce mastard au crâne glabre a hérité de ce surnom en référence au général américain George

Patton, dont le caractère rugueux est légendaire. Le toubib esquisse une moue ironique après l'avoir examinée. « Tu es enceinte et pas qu'un peu. » Anna est brièvement frappée de stupeur. Elle a cessé d'avoir ses règles quand elle a découvert l'horreur des camps de concentration, ces squelettes de femmes avec leurs pauvres poils du pubis qui faisaient comme une tache d'encre dans la crevasse de leur entrejambe. Elle les a entendues agoniser en appelant leurs enfants morts et partis en fumée. Elle a tout vu, tout senti : les corps parcheminés des fosses communes, la cendre grise des fours crématoires, les odeurs mélangées de chair pourrissante et de phénol dans les mouroirs où des médecins SS se livraient à des expériences effroyables. Elle a regardé des soldats aguerris s'effondrer devant ce spectacle de l'enfer.

Anna pose sa main sur son ventre et part dans un énorme éclat de rire mêlé de larmes devant le docteur « Patton » qui la prend par les épaules. « Tu sais au moins de qui il est ? » Oh que oui, elle sait. Vite, lui écrire cet extraordinaire tour du destin alors qu'elle croyait le sien écrit d'avance avant de s'engager comme infirmière de guerre. Un père magnat de la sidérurgie, une mère vestale des apparences et des convenances. Un frère aîné, Peter, qui était censé entretenir le feu sacré des hauts-fourneaux mais qui reviendra mutique et prostré de la guerre dans le Pacifique. Et Anna que l'on considérait comme une tête de linotte lisant Hugo et Zola avant de lui chercher un mari parmi les plus grandes fortunes américaines.

Les candidats ne manqueront pas. Tout était tracé comme cette route qui la mène à East Hampton dans l'État de New York, le nid du gotha américain. Elle va retrouver la vaste demeure familiale grise et blanche avec ses vues imprenables sur les baies de Gardiner et de Napeague. Heureusement, il y a la plage toute proche pour échapper au huis clos écrasant de billets verts et d'ennui.

Rien n'avait jamais bougé lors des repas familiaux aussi lisses que les boiseries de la salle à manger jusqu'à ce dîner où Anna lance, lumineuse et un brin bravache : « J'attends un enfant. Le père est français, s'appelle François et je l'aime ! » Une chape de plomb s'abat sur la tablée. Chez ces gens-là, on aurait supporté un bombardement de B-29 sans manifester la moindre émotion mais une fille-mère… Son père essuie la commissure de ses lèvres avec sa serviette blanche et décrète : « Monte dans ta chambre. » Sa mère se statufie, le petit doigt levé sur la cuillère argentée de son cheesecake. Son frère Peter, que les domestiques ont surnommé « Mister Oyster » parce qu'il est désormais aussi fermé qu'une huître, sort de son ivresse silencieuse pour recracher bruyamment une bouchée de gâteau, pris d'un rire irrépressible. Entre deux hoquets nerveux, il bafouille : « Bravo, *sister.* C'est la plus belle nouvelle depuis le 8 mai 1945. »

Anna infirmière de guerre, on avait mis ça, à East Hampton, sur le compte d'un caprice de gamine de vingt ans. Avec dédain de la part du père pour qui les affaires étaient plus importantes que les combats.

D'ailleurs, l'acier avait coulé à flots pour fabriquer chars et canons et le carnet de commandes était bien rempli avec la reconstruction à venir de l'Europe. Sa mère avait beau lire et relire les lettres aussi courtes que rassurantes d'Anna, il aurait été malséant qu'elle manifeste la moindre inquiétude en public. Il était de bon ton, en revanche, d'afficher l'engagement de Peter dans les Marines. Le magnat de l'acier pouvait ainsi exhiber un patriotisme de bon aloi et clouer le bec aux mauvaises langues qui rappelaient ses liens avant-guerre avec les industriels nazis de la Ruhr.

Mais une femme enceinte d'un soldat *frenchie* dont on ne sait rien, c'est impensable, cela ne peut être. On va l'exfiltrer discrètement de New York pour la mettre au vert dans la propriété du Vermont. Dès le lendemain matin du dîner explosif, le patriarche la convoque dans la bibliothèque. Anna s'y rend sans appréhension. Elle a peu dormi, savourant le soulagement d'avoir annoncé sa grossesse, une petite victoire rien qu'à elle, nichée dans son ventre. Elle n'a même pas pris la peine de s'habiller. Elle a juste passé son vieux pull fétiche en cachemire brun et chaussé une paire de mules. Quand elle ouvre la porte de la bibliothèque, son père, trônant derrière son bureau en acajou, la fusille d'un regard noir. Alors qu'elle s'apprête à déplacer une chaise, il vocifère :

« Ce n'est pas la peine de t'asseoir. Je vais être bref. Tu pars dans une heure pour le Vermont. C'est tout.

— Et Maman ? risque Anna.

— Elle pense comme moi. Le mal est fait.

— Quel mal ? » se retient de hurler Anna.

Elle sent les larmes monter mais non, elle ne peut pas pleurer devant ce tyran plein de morgue. Alors elle tente de se consoler en songeant à la beauté sauvage du Vermont où, enfant, elle pouvait s'échapper de la pesanteur familiale. Elle se reprend en gonflant la poitrine : « S'il vous plaît, je vous demande juste de me faire suivre mon courrier. »

Plus son ventre s'arrondit, plus Anna attend avec impatience les lettres de François. Mais elles n'arrivent pas. Elle met son silence sur le compte du maelström de l'après-guerre.

Lui aussi pense que la poste fonctionne mal mais elle est en lui chaque seconde depuis qu'ils se sont quittés sur le quai de la gare. Même dans les plus âpres des combats, il ne voit plus le sang, la boue, les chars en feu sur la neige sale mais son regard d'émeraude. Cette persistance rétinienne renforce son courage pour en finir au plus vite avec cette guerre. Ses compagnons sont impressionnés, voire effrayés par sa capacité à tuer sans état d'âme, à supporter le gargouillis du sang poisseux, l'odeur de la chair brûlée et les hurlements des blessés. Ils ignorent que dans le soldat impassible bat le cœur d'un homme éperdument amoureux. À peine démobilisé, il saute dans le premier train vers le sud en compagnie des prisonniers français qui s'en retournent chez eux. Il voit défiler des villes martyrisées et des campagnes tranquilles. Il entend les cris et les larmes de joie des retrouvailles sur les quais de gare. Il s'imagine alors embrassant fougueusement Anna dans le petit port de l'île. Il y débarque à l'heure du crépuscule orange un soir de l'automne 1945. Un grand gaillard avec un drôle d'accent assis sur le capot d'une Jeep repère tout de suite un frère d'armes à la vue de son uniforme fatigué bardé de décorations. Les médailles, François n'a que ça. Il est pauvre comme Job. L'autre lui serre vigoureusement la main. « On m'appelle le Canadien parce que je suis québécois. Je faisais partie des commandos qui ont libéré l'île l'année dernière. » On dirait qu'il est déjà le taulier ici. La petite communauté de l'île fait tout de suite confiance à François et comprend vite qu'il sera hardi à la tâche. On lui donne une tente, un peu de vaisselle, une pelle, une pioche, une hache, une scie et un bout de maquis à défricher où François s'aménage une restanque. Mais tous les jours, il interrompt son ouvrage à l'approche du bateau de 10 heures apportant le courrier.

À New York, le père d'Anna brûle jusqu'à la dernière cendre ses lettres dans la cheminée de son bureau-bibliothèque. Tout comme les lettres qu'Anna écrit et qu'elle dépose chaque matin dans le hall de la maison du Vermont avant le passage du facteur. Les domestiques s'empressent de les faire suivre à leur maître qui les détruit après les avoir lues. Il éructe à chacun des mots qui disent tout à la fois la force, la gravité et l'innocence de leur amour. Mais ce qui le met le plus en rage, c'est quand elle décrit ce petit être qui gigote dans son ventre. « J'adore quand il me donne des coups de pied ; je voudrais qu'il soit très brun comme toi, "noiraud", c'est comme ça que l'on dit ? » Elle raconte le berceau, le couffin qu'elle a déjà commandé, la layette qu'elle est en train de tricoter. Tout cela finit dans le mépris des flammes.

Un après-midi de décembre, Anna est en train de planter des roses de Noël quand elle ressent une vive douleur dans le ventre. Elle veut qu'on fasse venir le médecin de campagne qui suit sa grossesse. Elle apprécie beaucoup sa bonhomie complice, elle a toute confiance en lui. Mais non, on lui dit qu'il faut qu'elle aille en ville, c'est plus sûr. On la transporte derrière les hauts murs d'une clinique privée. Sur la banquette arrière de la Pontiac Sedan, entre deux pics de souffrance, elle a l'étrange impression que tout a été réglé d'avance. Elle voudrait que François soit là, tout contre elle, réajustant la couverture sur ses épaules. Car elle a froid. Un froid de solitude alors qu'elle voit défiler les arbres dénudés dans un ciel gris qui annonce la neige. Si loin des décembres de l'île remplis du rouge des fruits de l'arbousier, de l'orange du corail des oursins que l'on étale sur du pain rassis grillé. L'homme en nage qui est en train de creuser des trous à la barre à mine au-dessus de la crique des Moines ne sait rien de ce qui se passe de l'autre côté de l'Atlantique.

Anna voit défiler les murs bistre et nus d'un couloir. Puis tout lui semble s'accélérer sous la lumière d'un gros scialytique. L'accouchement se présente mal. L'obstétricien va pratiquer une césarienne. Il l'assène d'une voix métallique. Elle n'a pas son mot à dire. Vite, on l'endort. Durant l'anesthésie, elle rêve son arrivée sur l'île en bateau. Le gros rocher se rapproche, plus pelé, plus pierreux qu'au loin, son maquis dense et râblé où s'étire un chapelet de façades et de toits ocre. Le petit port est une échancrure dans la côte. Elle veut débarquer la première avec son bébé dans un moïse porté par un matelot. La passerelle n'est pas encore amarrée au quai que déjà, François saute sur le bateau et prend son visage entre ses mains pour un long baiser.

« Et l'enfant ? sursaute-t-il.

— Il est là, bien là, mon amour. »

Ils se retournent vers le couffin et François se penche doucement sur le bébé. Longuement. Sans un mot. Qu'importe qu'il bloque le passage aux autres voyageurs. Quand il se relève, il dévore Anna de ses yeux noirs embués.

À son réveil, le médecin annonce d'une voix laconique à Anna que son enfant est mort-né. Un petit garçon. Anna hurle dans le crépuscule de sa chambre. Anna voudrait que François soit là, qu'il la prenne dans ses bras pour partager leur chagrin. Ses larmes coulent sur sa photo qu'elle tient tout contre elle.

Chapitre 3

L'île, printemps 1948

Trois hivers ont passé de part et d'autre de l'Atlantique. Les « riches Américains », comme on dit sur l'île, ne sont toujours pas revenus à l'hôtel des Arbousiers et on ajoute en rigolant : « Ils ne sont pas près de revenir, après tout ce qu'ils en ont bavé ici face aux Allemands ! »

Mais François veut y croire encore malgré l'absence de lettres. Il sourit à la pensée de ces yeux verts en gâchant le mortier et en montant les murs de sa maisonnette. Deux pièces pour commencer, juste au-dessus de la crique des Moines où il plonge pour se débarrasser de la sueur, de la poussière et des épines du maquis après son labeur. De partout dans leur maison, ils verront les eaux turquoise quand ils mangeront, parleront et feront l'amour. François a déjà trouvé un nom pour leur nid : « Soleil d'Or ». C'est le Canadien qui a eu l'idée de cette construction. « Tabarnak, tu vas tout de même pas passer ta vie sous une tente », qu'il lui a dit, un soir de cuite. « Tabarnak », c'est le juron québécois qu'il lâche quand il est en colère, indigné. Combien de fois l'a-t-il lancé quand François fait son « obstineux », s'accrochant à sa restanque et sa toile de tente les jours de gros temps alors qu'il pouvait être au chaud et au sec chez le Canadien. Il n'est pas du genre « moumoune », mais il doit bien reconnaître qu'il a trouvé plus dur à cuire que lui avec François. Le 15 août 1944, il a été le premier à poser le pied sur l'île. Sur le canot gonflable, son voisin l'avait provoqué : « T'es pas *game* de sauter avant les autres ! » Le Canadien avait bondi comme un félin malgré son lourd barda de soldat des FSSF, un corps d'élite américano-canadien spécialement entraîné aux actions commando. Comme il s'était déjà élancé la rage au ventre quand il avait fallu reprendre les îles Aléoutiennes aux Japonais en 1943, avant d'aller ferrailler dur en Italie : après la prise du Monte Majo, les raids sur Anzio, les FSSF avaient été les premiers à entrer dans Rome le 4 juin 1944. « Avant cette putain d'île où j'ai failli crever », grogne le Canadien après une gorgée de whisky auquel il ajoute du sirop d'érable. François connaît par cœur les mots qui vont suivre : « On avance dans ce putain de maquis sous un déluge dc mortiers. Et là, sacrament, un obus explose à mes pieds. J'entends rien, je vois plus rien. Je me dis que ça doit être ça d'être mort. Mais non, je suis juste K-O parmi les copains fauchés. Je me dis que si j'en réchappe encore, je viendrai vivre ici. Ça a duré deux jours pour qu'on vienne à bout des

Allemands et de leurs putains de bunkers et de mitrailleuses. » Le Canadien a combattu aussi dans les Vosges. « Si ça se trouve, on n'était pas loin l'un de l'autre », répète-t-il à François qui hoche la tête machinalement, embrumé. Lui ne parle jamais de sa guerre. « Crisse de bourrique », lui lance son compagnon de beuverie quand il refuse de répondre à ses questions. Il n'a pas les mots pour décrire comment il est parti se battre seul au monde. Au maquis, il avait l'impression d'avoir « trouvé une famille » parmi ses frères d'armes. Il était de tous les coups de main, toujours volontaire pour partir en éclaireur. On l'appelait « le nettoyeur de tranchée » avec son poignard pris à un SS qu'il avait tué. C'était son premier mort, une nuit sans lune, avec le gros gourdin hérissé de pointes qu'il s'était fabriqué pour défoncer les crânes sans bruit. Son héroïsme et son audace impressionnaient. Mais sa brutalité effrayait aussi. C'était comme si François vomissait toute la violence subie durant son enfance d'orphelin à grelotter la nuit dans le foin de la grange, mal nourri, calotté à tour de bras, privé d'école dès les premiers travaux dans les champs. Le sang chaud des hommes en train de mourir lui rappelait celui des lapins qui gouttait dans un bol pour le civet. Pourtant, il n'avait pas tué un seul lapin. C'étaient les autres valets de la ferme qui s'en chargeaient. Il n'avait jamais fait le moindre mal aux animaux ; il préférait leur compagnie à celle des hommes. Quand la vie lui semblait trop vilaine, il allait coller sa joue contre celle de la Ponette ou entourait l'encolure du Nivernais, un imposant cheval à la robe noire. Qui en ce temps-là aurait pu l'imaginer tranchant la carotide d'un boche sans le moindre sentiment ? Même les photos de femmes et d'enfants qu'il lui arrivait de découvrir sur le mort ne suscitaient en lui aucun état d'âme. Comment aurait-il pu en être autrement pour lui qui n'avait jamais connu la moindre tendresse, la plus petite chaleur d'un foyer ? Il ne s'est jamais séparé de son couteau depuis la guerre. Sur l'île, il lui sert à tout : couper les rameaux épineux du maquis, aérer la terre de ses plantations, déterrer un cèpe quand il en vient à l'automne, vider le poisson, décalotter les oursins. Il en aiguise la lame avec un morceau de pierre de la pointe de la Galère. Avec son relief qui ressemble à des fibres, ses couleurs qui vont du gris au brun en passant par l'orange, on dirait un morceau d'écorce. Parfois, les chênes rouges du Morvan lui manquent. S'adosser contre un haut fût de deux cents ans et se perdre du regard dans son houppier dont les branches grignotent le ciel. Écouter le cri strident d'un geai. Caresser la mousse du chêne sur laquelle ils seront allongés avec Anna. Elle s'accrochera au tronc pour qu'il la prenne doucement tandis qu'il n'en finira pas d'embrasser son cou à travers sa chevelure rousse. Depuis trois ans, il n'y a pas une nuit où il ne se repasse l'un de ces petits films d'amour qu'il s'est imaginés. Anna dort profondément sous la grosse couverture surpiquée grenat. Il se lève sans bruit pour remettre du bois dans le poêle. Il ne fait pas chaud.

Chapitre 3

C'est l'hiver sur l'île. Peut-être la saison qu'il préfère parce que la solitude y est plus grande mais bienveillante. Elle tient à distance les importuns, les curieux, les regards persifleurs. Parce qu'il sait qu'on cause dans son dos. C'est le Canadien qui lui a dit. On se moque de cet homme qui attend ici une femme depuis des années. Est-il fou ? Est-il naïf, ce gars taiseux qui va tous les jours au port où personne n'arrive pour lui, et trois fois par semaine à la poste où il ne reçoit jamais de lettres ? Le Canadien rembarre toutes les mauvaises langues qui persiflent à l'heure de l'anisette dans son épicerie. « Arrêtez donc vos niaiseries ou je vous en colle une », qu'il menace. Il respecte l'attente de François car ils ont en commun d'avoir vécu les mêmes incertitudes durant la guerre. « Est-ce que je serai encore en vie ce soir ? » Il y pensait quand il vérifiait son fusil avant chaque offensive. L'autre jour, il a déposé devant François un sac en toile de jute. « Regarde. » François l'a ouvert. Il a tout de suite reconnu le manche des grenades allemandes. « C'est le gardien du phare qui les a trouvées dans les ruines du bunker. » François a empoigné une grenade et l'a fixée longuement, impassible. Janvier 1945, les combats font rage dans la « poche de Colmar ». Il fait moins 20 degrés, on ne peut pas creuser de tranchées dans le sol gelé pour s'abriter des tirs ennemis qui proviennent d'une maison à pan de bois. Une mitrailleuse fauche toutes les tentatives pour avancer. La nuit tombée, François se met à ramper derrière un banc de neige. Il a laissé son fusil à son sergent pour ne pas gêner sa progression. Il a pour seules armes son poignard et une grenade américaine Mk II à fragmentation. Il la serre très fort dans sa main droite tandis que sa main gauche griffe la neige dure comme de la pierre pour avancer. Ne surtout pas penser à la guerre, là. Mais à quelque chose qui lui rappelle qu'il est encore en vie. C'est ça, il a dix ans, il rampe sur l'herbe à matelas, sous les fougères. Il s'interdit de respirer pour ne pas trahir sa présence à quelques mètres de la renardière. Et soudain, il s'immobilise quand il aperçoit le museau de la mère à l'entrée du terrier. Elle sort doucement, méfiante. Puis déboulent une poignée de renardeaux qui se chamaillent en couinant. Le petit François est heureux d'être si proche de la vie sauvage. Il a cette vision en tête quand il dégoupille la grenade et la lance de toutes ses forces. Une lame de feu déchire la nuit. Il se lève et fonce sur le nid de la mitrailleuse. Il enjambe deux morts et bute sur un visage à moitié emporté par l'explosion qui gémit. Un seul coup de lame, puis plus rien.

À la Galère, le Canadien est comme un gosse quand les grenades allemandes explosent et provoquent d'énormes gerbes d'eau. « Allez, la dernière pour toi », dit-il à François en lui tendant le manche. « La dernière, vraiment ? En 18 déjà, ils disaient que c'était la der des ders. » Une nuit, il fait son pire cauchemar : Anna est morte, un trou noir dans sa tempe sous ses mèches rousses. Il lui parle, il l'embrasse mais elle est déjà glacée. Ses yeux verts immobiles sont d'une infinie tristesse, comme s'ils disaient : « C'est terminé sur cette terre mais je t'aimerai toujours dans l'éternité. » François n'en finit pas de pleurer. Il tente de se raisonner. Il l'aurait su s'il lui était arrivé quelque chose, une amie d'Anna lui aurait écrit. Il fait tout son possible pour se raccrocher à la vie, à leur vie, avec une image. Toujours la même : ses grands yeux verts qui lui sourient même au plus fort de la tempête qui menace d'emporter sa tente. Les quatre éléments de l'univers pourraient bien se déchaîner tous en même temps que son amour pour elle les balaierait comme un brin de paille. De même, on pourrait bien l'amputer des deux jambes qu'il continuerait de descendre chaque matin au port pour attendre l'arrivée du bateau de 10 heures. Il n'a que faire des ricanements de certains quand ils le voient adossé au rocher alors que le *Saint-Hilaire* approche.

Ce matin, François a accroché une branche de mimosa au mur qu'il est en train de terminer. Avec toutes les fleurs qui existent sur l'île, il pourra lui faire des bouquets tous les jours. Avec son maillet en bois, il donne des petits coups secs sur le ciseau à dents pour affiner une pierre. Il entend un grondement rauque et familier qui se rapproche. Le Canadien arrive au volant de sa Jeep. Il va encore l'entendre pester sur le raidillon escarpé qui conduit à Soleil d'Or. Il faut dire que personne sur l'île ne comprend comment on peut bâtir seul sa maison sur un relief aussi pentu en transportant les matériaux à dos d'homme. Depuis qu'il a entrepris sa construction,

François est devenu aussi sec et noueux qu'un cep de vigne. Le soir avant de se coucher, il frotte ses articulations et ses muscles douloureux avec de l'huile d'olive dans laquelle il a fait macérer du romarin.

Le Canadien ne vient jamais les mains vides. Il porte un sac de ciment sur l'épaule et un panier. « Tiens, tu m'as dit que t'allais manquer de mortier. Je t'ai aussi apporté le burin que tu m'as demandé et, et... » Il sort du panier une fougasse aux olives et un litron de blanc. « Faut faire vite, sinon le vin sera trop chaud. » Il remplit le quart de François et son verre. « Tchin-tchin ! » qu'il fait avant de siffler une copieuse gorgée de blanc en regardant l'avancée de l'ouvrage.

« Quelle niaiserie de construire ici, qu'il grogne.

— Je te rappelle que c'est toi qui en as eu l'idée, dit François.

— J'aurais mieux fait de me casser une jambe ce jour-là », siffle l'autre.

François sourit. C'est sûr, le Canadien sera le témoin de son mariage avec Anna.

Chapitre 4

New York, 1950

L'absence de lettres, l'enfant mort-né, sa mère qui lui dit que « c'est Dieu qui l'a voulu ainsi parce qu'aucune historiette d'amour ne survit à la guerre »... Anna n'a plus la force de la haïr. Elle l'écoute hagarde après les électrochocs, les cures de sommeil pour soigner la dépression dans laquelle elle a sombré. Elle ne peut plus lire, ni prononcer une seule phrase en français. Les psychotropes ont gommé cette langue de son cerveau. Même les souvenirs sont en bouillie. Parfois un lambeau revient, fugace : elle est dans un hôpital de campagne, elle porte une bassine remplie de charpie gorgée de sang. Le chirurgien est en train d'amputer de sa jambe droite un soldat français. Il utilise une scie à ruban pour sectionner l'os quand la respiration du patient s'arrête brusquement. Vite, Anna entreprend un massage cardiaque. Bras tendus, elle comprime verticalement le sternum de l'homme en répétant : « François reviens, François reviens. »

Des centaines de fois, elle a effectué ce geste : elle compte trente compressions thoraciques, puis deux insufflations par la bouche. Trente « François accroche-toi », deux « François reviens ». Ses bras lui font mal à force d'appuyer sur sa poitrine. Le chirurgien lui dit : « Arrêtez, ce n'est plus la peine. » Mais elle s'entête en poussant des « han » acharnés. En lui donnant de l'air à travers ses lèvres gercées qui sentent le tabac brun. Non, il ne peut pas mourir. Pas maintenant. Pas aujourd'hui, pas demain. Un jour, évidemment, quand il sera très vieux face à la mer, adossé à un rocher tiède où le couchant fera scintiller le mica. On dira qu'« il aura eu une belle mort ». Mais pas celle-là, sous une tente à la toile gelée, au caillebotis de planches grossièrement équarries où le sang coagulé colle aux semelles des brodequins. Elle est en nage, elle s'étrangle de donner tout son souffle au mourant. On la prend fermement par les épaules. « Mademoiselle, c'est fini, je vous ai déjà dit que ça ne servait à rien », dit le chirurgien d'une voix ferme. Elle ouvre les yeux en murmurant « François ». Mais il n'y a que le vide d'une mer étale.

Anna reste des heures allongée dans un transat à côté de son frère lui aussi mutique sur la plage de East Hampton. Tout est immobile, silencieux. Elle feuillette machinalement un numéro du magazine *Life* qui consacre sa couverture au président Eisenhower. Elle se moque de l'actualité. Elle se fout de tout. Le temps s'écoule lentement entre les prises de médicaments et les rendez-vous avec le psychiatre qui se désole de son silence. Elle ne supporte plus les dîners où son père leur impose d'interminables monologues sur le Dow Jones et le plan Marshall avant que sa mère ne raconte son *tea time* du jour. Son frère pique du nez dans son assiette sous l'effet du mélange des cachets et du whisky. Tout le monde le sait mais personne ne dit rien. Les secrets et les non-dits sont dissimulés sous les épais tapis Ispahan en soie. La grossesse d'Anna ? Mais quelle grossesse ? Elle n'a jamais existé au grand jour. Son bébé ? Il a disparu dans les limbes. De toute façon, il était mort-né. Il y a bien ce soldat français. Mais aucun risque, ses lettres finissent systématiquement au feu. Et quand bien même il surgirait à New York, le père d'Anna s'est arrangé pour qu'il soit fiché *persona non grata* et expulsé aussitôt par les autorités.

Prétextant son manque d'appétit, Anna prend désormais ses repas dans sa chambre. Le plateau d'argent est frugal : un œuf à la coque, un toast, un fruit. Parfois, elle rêve de la soupe de poissons de l'hôtel des Arbousiers. Elle a le goût de la rouille sur les papilles. Comme si elle était en train de la tartiner sur le gros pain grillé sous la pergola. Le vin rosé serait clair et fleuri. Elle aurait un peu la tête qui tourne alors François lui prendrait la main. Leurs deux alliances qu'il aurait façonnées dans le métal d'une douille d'obus se rejoindraient. Au crépuscule, ils regarderaient les lumières s'éclairer progressivement sur la côte ourlée par le couchant orangé. Ils seraient happés par le silence. Un silence épais, soyeux, qui vous invite à lâcher prise dans cette retraite où, en tendant l'oreille, on entend le murmure de la mer et les conversations étouffées sur les terrasses disséminées des cabanons dans le maquis. Parfois, c'est le son tendre d'une guitare qui fugue dans l'obscurité. Avant la guerre, Peter grattait quelques accords quand ils venaient ici, puis ce grand dadais rouquin disparaissait pour s'enivrer avec d'autres jeunes gens. Il a emmené sa guitare avec lui dans le Pacifique. Elle n'est pas revenue. Il n'en a plus jamais joué. Il ne parle jamais de sa guerre, même quand il est ivre mort. Après son retour, au début, il buvait au fond du parc à l'abri des regards. Personne ne disait rien quand il rentrait chancelant. Personne ne voulait savoir quand il s'asseyait les yeux vitreux à table. Quand il était vraiment trop saoul, il prétextait une migraine pour rester dans sa chambre où il buvait encore en écoutant Ella Fitzgerald. Parfois, il acceptait la présence d'Anna. Elle s'asseyait au bord de son lit, lui prenait la main. Silencieuse. Les mots ne lui étaient d'aucun secours. Un matin, deux ambulanciers à la carrure imposante l'ont cueilli au saut du lit. Il n'a opposé aucune résistance. Au pied de l'escalier, sa mère lui a soufflé d'un ton laconique : « Nous allons te faire soigner dans la meilleure clinique de New York. Avec ton père, nous avons décidé pour toi car tu n'es plus conscient de ton état. » Elle n'a même pas tenté de l'embrasser. Quand il est revenu quelques mois plus tard, Peter avait le teint frais mais la mine toujours aussi fermée, mélancolique. Son père ne cachait pas sa satisfaction d'avoir pris « la bonne décision » pour son fils. Aveuglé par son orgueil, il n'a pas vu Peter replonger dans l'alcool, buvant de plus belle dès le réveil. Dans sa toute-puissance, il croyait pouvoir tout régenter.

Le jour de Thanksgiving, un inconnu se joint au cercle rapproché habituel pour partager la dinde farcie et la *pumpkin pie*. Il est élégant dans son costume prince-de-galles, écoute consciencieusement les vanités du magnat de l'acier et affiche un sourire de bon aloi quand la mère d'Anna lui présente sa fille. D'emblée, Anna sait qu'elle ne l'aimera pas, qu'elle ne le désirera pas. Pourtant, il a l'air « gentil, prévenant », lui chuchote à l'oreille sa mère. Mais sa main molle, sa posture très calculée lui inspirent un dégoût qu'elle a peine à cacher. Et puis, il est tout ce qu'elle exècre : il est si banalement bien né. C'est le fils d'un géant du bâtiment. Pour le père, c'est le mariage de l'acier et du béton qui feront des gratte-ciel, toujours plus hauts, toujours plus chers, rapportant toujours plus de dollars. C'est au sommet de l'un d'eux que son futur gendre tente d'embrasser pour la première fois Anna. Elle se détourne et regarde le vide. Et si elle sautait ? Tout serait fini : l'attente sans fin ; le regard ténébreux de François qui la hante ; l'incertitude ; la torture de l'écartèlement entre l'amour et la haine ; les souvenirs qui sont tantôt une chaude caresse, tantôt un coup de poignard ; les faux-semblants. Anna aurait la paix pour l'éternité. Elle voit déjà les titres des journaux : « La fille du géant de l'acier meurt accidentellement en chutant d'un gratte-ciel. » Le suicide, ça ne se dit pas. Ce n'est pas comme il faut. Chez ces gens-là, on n'a pas le droit de se donner la mort parce que l'on souffre. Elle sourit amèrement en se disant que son suicide serait un ultime pied de nez à sa famille insupportable. Mais elle ne veut pas abandonner son frère qui s'enfonce de plus en plus dans les addictions : alcool, cocaïne, héroïne. Souvent, il hurle dans la nuit. C'est sa guerre qui revient. Le reste du temps, il vit reclus dans sa chambre dans l'obscurité, prostré en position fœtale ou faisant les cent pas en soliloquant. Son père ne cache plus son mépris pour ce fils devenu une loque humaine qui serait incapable de prendre sa succession. Sa mère redoute ses accès de folie, ses ivresses et ses crises de manque qui dérangent l'ordre domestique. Elle est incapable de lui manifester la moindre compassion. Au fond d'elle, elle s'avoue parfois qu'elle n'aura été qu'une génitrice, un ventre fécondé pour ses deux enfants. Elle sait très bien qu'elle s'est mariée sans amour, sans désir, dans cette bonne société américaine qui satisfait son égoïsme et son égocentrisme de grande bourgeoise.

Alors il faut qu'Anna survive. Pour elle, pour son frère. Quitte à faire semblant de jouer le jeu. Ce sont les courses chez Christian Dior, chez Jacques Fath, cornaquée par sa mère, enchantée. La bague de fiançailles, puis l'alliance de chez Tiffany. Elle échappe à l'interminable supplice du choix des nombreux invités, établi par ses parents. La veille du mariage, elle veut oublier jusqu'au lendemain ce qui l'attend : elle se réfugie auprès de son frère et se saoule copieusement au whisky. Jamais elle n'aurait imaginé aborder un tel jour avec une affreuse gueule de bois. Elle frissonne de dégoût en revêtant sa robe de mariée. Elle déteste les domestiques qui lui disent qu'elle est « très belle ». Elle se sent prisonnière de cette chrysalide blanche. Elle aurait voulu se marier avec François dans une petite robe toute simple qu'elle aurait cousue dans une vieille toile de parachute. Ils auraient gravi le sentier conduisant à la chapelle de l'île avec ses murs ocre, sa croix blanche et sa cloche qui sonne l'angélus. On lui aurait confectionné un bouquet avec des fleurs de laurier, de myrte, d'érythrine, de solanum. Elle aurait été coiffée d'une couronne de fleurs d'oranger. Au lieu de cela, elle se sent seule au monde sous les voûtes de la cathédrale Saint-Patrick à New York. L'homme en ensemble à queue-de-pie avec nœud papillon et gants blancs à qui elle s'apprête à dire « oui » lui est complètement étranger. D'ailleurs, quand elle parle de lui, elle ne dit jamais son prénom mais « il ». Un « il » si lointain, si différent de François. Sûr de son fait, de ses milliards sous son air faussement modeste. L'échange des alliances est une torture pour elle. Elle a l'impression que le métal froid s'enfonce dans la chair de son annulaire. Elle voudrait crier sa douleur mais il lui faut serrer les dents. Comme les GI's dont elle recousait les plaies à vif.

La nuit du mariage, Anna est un glaçon dans les draps de satin. Elle songe à la couverture militaire crasseuse de l'hiver 44-45, aux mains rugueuses de François, à leurs odeurs mêlées de tabac et de sueur. Anna simule le plaisir en pensant à lui, l'homme qu'elle vient d'épouser n'y est pour rien. Elle ferme toujours les yeux quand il la pénètre. Elle est quelque part dans les eaux bleues de la crique des Moines, sur les rochers d'or de la pointe de la Galère, sur un sentier escarpé du maquis, endormie sur la terrasse de l'hôtel des Arbousiers. Il lui faut ce vagabondage pour supporter le coït jusqu'à ce qu'il jouisse. Puis elle se recroqueville sur le côté.

Une petite fille vient au monde. Anna l'appelle Emma, comme Madame Bovary, elle a les yeux verts, la chevelure rousse et le même sourire qu'elle. Elle a déchiré la photo de cet homme qui l'a trahie, la considérant seulement comme une fille à soldat. François ne vaut pas la peine qu'elle lui dise, qu'elle lui confie son chagrin. Anna ne lui écrit plus ses lettres qui n'arrivent jamais. Mais elle pense beaucoup au grand frère qu'aurait dû avoir Emma s'il n'était pas mort à la naissance.

Chapitre 5

L'île, 1950

François est en train d'aiguiser le tranchant de sa hache quand un homme l'appelle depuis le sentier des Moines. C'est le cuisinier de Claudia, une ancienne meneuse de revue à Paris. François l'a aperçue quelques fois se promenant sur la corniche sous une ombrelle. Même de loin, il a senti chez cette femme la puissante aura dégagée par sa haute silhouette à la peau cuivrée. D'elle, le Canadien dit qu'elle a la puissance de feu des orgues de Staline et le caractère blindé d'un char Sherman. Pour elle, il fait venir des choses inconnues sur l'île : du foie gras, du caviar, du saumon fumé, des truffes, des vins fins, du champagne, beaucoup de champagne. Un pêcheur a appris à faire la poutargue dont elle raffole et qu'elle lui achète à prix d'or.

Claudia vit dans une thébaïde posée au sommet de l'île où quelques rares privilégiés sont invités. Une poignée d'habitants et, parfois, une célébrité que l'on a déjà vue en photo dans le journal ou écoutée à la radio. Claudia veut remettre en état les restanques et les terrasses de son jardin luxuriant, même dans la fournaise de l'été. Le Canadien lui a dit que François travaillait bien, qu'il était discret, qu'il n'irait pas cancaner sur elle. François triture nerveusement sa pierre à aiguiser qu'il a conservée dans une poche de son short. Il est intimidé par cette femme au regard noir comme le sien, mais en plus perçant, qui le reçoit dans la pénombre de son salon rafraîchie par un large ventilateur accroché au plafond. Elle en impose, allongée sur une liseuse recouverte de velours violet, vêtue d'une robe caftan en soie multicolore. Elle fume nonchalamment un cigarillo Partagas. Elle observe François à travers les volutes. « Il paraît que tu sais travailler ? » Il s'attendait à tout sauf à cette question qui lui rappelle les embauches dans le Morvan. Il se sent mesuré comme une bête par un maquignon. C'est désagréable. Il grogne :

« Disons que l'ouvrage ne me fait pas peur.

— Ils disent tous ça quand ils arrivent sur l'île, raille Claudia. Ils se prennent pour des cadors. Mais quand ils commencent à défricher le maquis, à casser du caillou, ils appellent leurs mères. À la première tempête, ils décampent. Remarque, toi c'est différent, ça fait un moment que t'es ici. T'as pas une réputation de m'as-tu-vu. Les gens n'en reviennent pas comme t'es sauvage. Je crois même que tu leur fais un peu peur. »

François hoche la tête, perplexe.

« Ça ne te fait rien ce que je dis ?

— Je suis comme je suis. J'embête personne mais il ne faudrait pas venir me chercher.

— La solitude ne te pèse pas ?

— Oh que non. Au contraire, j'aime pas l'été quand il y a trop de monde. »

Claudia sourit :

« C'est pas ton monde, hein ?

— Sûr que non.

— Tu demandes combien à la journée ? »

François hausse les épaules en silence.

« Allez, dis-moi, n'aie pas peur, je ne vais pas te manger.

— Qu'est-ce que j'en sais, moi ? À part mon tabac, je me suffis de pas grand-chose. Et je fais du troc avec l'épicier : je lui donne un coup de main quand il a besoin et en échange il me ravitaille.

— La belle affaire ! ironise Claudia. Et en plus, j'imagine que le carburant whisky est gratuit. Avec moi, ce sera 800 francs la journée avec le repas de midi compris. »

François ouvre de grands yeux étonnés :

« Mais j'ai jamais gagné autant…

— Eh bien il faudra t'y habituer. T'en profiteras pour te rhabiller. Parce qu'avec tes frusques militaires pourries, on dirait que tu ne sais pas que la guerre est finie. »

François n'est même pas vexé. Il ne s'est jamais soucié du regard d'une femme sur son allure. Et puis, il ne lui viendrait pas à l'idée de gâcher l'eau douce, si rare ici en été, pour laver son short et son maillot. Il préfère descendre aux Moines et plonger tout habillé dans la mer pour se nettoyer. Il étale ensuite ses vêtements sur les rochers chauffés par le soleil et le temps qu'ils sèchent, il mouille une ligne, histoire d'attraper une poignée de poissons. Quand il l'a surpris ainsi l'autre jour dans le plus simple appareil, le Canadien l'a traité d'« homme de Cro-Magnon ». François s'en fout. Gamin déjà, il se baignait nu dans le Morvan, dans un trou d'eau chaude qui remontait des entrailles de la terre. Il se frottait le corps avec un minuscule bout de savon volé à la ferme.

Claudia observe François à la dérobée derrière ses jalousies quand il s'affaire dans son jardin. Elle aime son corps sec et noueux, tanné par le soleil et le vent. Elle a remarqué la cicatrice sur son ventre mais ne pose pas de question. En plein cagnard, il couvre sa tête d'un chèche que lui avait offert un goumier pendant la guerre. L'homme était mort en sautant sur une mine. Il avait été enveloppé dans un drap blanc avant d'être enterré au sommet de la Piquante Pierre, dans les Vosges. Un camarade musulman avait traduit à François les prières pour le mort : « Ô Allah, pardonne-lui et accorde-lui Ta miséricorde. Accorde-lui le salut et le pardon. Assure-lui une noble demeure. Élargis-lui sa tombe et lave-le avec l'eau, la neige et la grêle. Nettoie-le de ses péchés comme on nettoie le vêtement blanc de la saleté. Donne-lui en échange une demeure meilleure que la sienne et une épouse meilleure que la sienne. Fais-le entrer au Paradis et préserve-le du châtiment de la tombe (et du châtiment de l'Enfer). »

Claudia fait porter à François de la citronnade pour étancher sa soif. Mais il refuse poliment de partager son déjeuner dans la fraîcheur de son salon. Il préfère croquer dans ses tomates charnues avec un quignon de pain frotté à l'ail. Il ajoute aussi des feuilles de son buisson de basilic qui pousse à l'un des angles de sa maisonnette. Il y a là aussi de l'origan, du persil, de la ciboulette, du thym et d'autres plantes aromatiques que François cultive avec soin. Il a dédié ce jardinet à Anna. Quand il l'arrose à la nuit tombée, il se dit qu'elle peut arriver demain, il a de quoi la faire manger. Avant de souper, ils iraient se baigner à la pointe de la Galère. Anna lui apprendrait des nages qu'il ne connaît pas. Elle rirait de sa gaucherie avant de l'embrasser. Ils iraient se sécher sur une fouta en coton étalée sur le damier gravé dans la pierre. Peut-être arriverait-il à lui murmurer combien il a attendu longtemps cet instant. Ils feraient l'amour entre chien et loup.

Une fin d'après-midi d'hiver, alors qu'il finit de scier du bois de cade, Claudia réussit à attirer François devant sa cheminée où le feu crépite. Il est intrigué par son langage, mélange de gouaille et de mots qui lui sont étrangers. Elle lui parle de son récent séjour à Paris, des défilés de mode, des dîners chez tel ministre – « un con » –, de Jean Gabin qui vient de tourner *La Marie du port* de Marcel Carné. Gabin, au moins il connaît. Il l'a vu au cinéma, dans *Le Quai des brumes* et *Le jour se lève*. Claudia connaît Gabin, il a un « sacré carafon ». François hésite à trancher entre le lard et le cochon parce que tout en parlant, Claudia enchaîne les absinthes. Elle a de l'avance sur François qui se demande si c'est l'alcool ou le flot des mots qui lui donne le tournis. Il se lève pour prendre congé mais Claudia lui serre vigoureusement le bras. Il va rester dîner. C'est sans appel.

Le cuisinier a préparé une soupe de poissons et une rouille qui embaume dans le mortier d'olivier. François en reprend à trois reprises. Presque honteux de sa gourmandise. Surtout que Claudia ne mange quasiment rien entre deux cigarettes. Elle appelle le cuisinier pour qu'il ouvre une boîte de foie gras truffé et qu'il grille des toasts. François lui dit qu'il ne faut pas qu'elle fasse cela pour lui, qu'il a bien mangé. Elle le coupe : « C'est pas tous les jours que j'ai un homme qui sait se tenir à table. Ressers-moi un canon. » Il pouffe en remplissant sa coupe de champagne. Il est ivre. Mais d'une ivresse sans vulgarité, un peu naïve, presque enfantine. Ce n'est pas comme les cuites avec le Canadien, certes entre frères d'armes, mais brutales, rugueuses.

Très tard dans la nuit, Claudia demande à François de remettre une grosse bûche dans la cheminée. Ils sont en train de se confier leurs histoires. Toutes leurs histoires. Claudia aussi est la fille de personne. Abandonnée sans nom dans un commissariat parisien. Élevée à la trique et au crucifix chez des religieuses matonnes. À sa majorité, la faim l'a mise sur le trottoir. Elle raconte sa première passe. Bestiale, sordide. Le rauquement du mâle qui jouit. Le sang mêlé au sperme qui coule le long de sa cuisse. Elle pleure. Elle n'en finit pas de se laver avec l'eau glacée de la cuvette. Elle se frotte avec un bout de torchon rêche à s'en faire mal. Elle veut se punir. D'être née. De survivre ainsi. Vendue de mac en mac, se vengeant en plumant les michetons. Elle méprise les gentils. Elle hait les prédateurs aux poches bien remplies. Elle ne compte plus les marches de l'escalier de la rue Blondel entre deux passes tellement sa beauté provocante fait monter le désir et vider les bourses. Jusqu'à ce qu'un cabaretier repère ce magnifique brin de femme et la « rachète » à prix d'or pour la mettre à l'affiche de son spectacle. Certes, ce n'est pas encore le Moulin Rouge, mais on y danse le french cancan. Claudia fait couler le champagne. Elle monte vite en grade. Les soiristes des journaux écrivent qu'elle est digne de Mistinguett. On s'arrache cette meneuse de revue sur les plus célèbres scènes parisiennes. Des milliardaires lui demandent sa main et la couvrent de bijoux. Des romantiques fauchés veulent mourir pour elle. Claudia dit « non » à tout car, désormais, c'est elle qui mène la danse. Elle préfère la compagnie des garçons qui aiment les garçons à celle des hommes – le souvenir de la puanteur affreuse de leur sexe dans sa bouche hante toujours ses nuits. C'est comme cela que Claudia a découvert l'île, avec une bande de copains qui, ici, n'ont pas à se cacher.

François a écouté sans un mot. Quand elle lui demande : « Et toi ? », il répond : « J'attends l'amour de ma vie. » Claudia part dans un immense éclat de rire inextinguible. François met sa réaction sur le compte de son ivresse. Quand elle se reprend, son visage se fige avec dureté. « Raconte », ordonne-t-elle. François allume une cigarette avec une braise de la cheminée. Il fixe le feu sans un regard pour Claudia. Comme s'il était ailleurs. Dans le Morvan. Son plus lointain souvenir ? Il doit avoir sept, huit ans. Au petit déjeuner, il renverse son bol de lait qui se brise sur le sol. Il y a d'abord la gifle cinglante de celle qu'il appelle « la tante » puis la morsure du ceinturon de « l'oncle » sur ses fesses. C'est à partir de ce jour-là qu'on l'a fait dormir dans la grange sur une paillasse remplie de feuilles de maïs. L'eau glacée de l'abreuvoir au réveil. Les coups de sabot de la Grise qui ne voulait pas se laisser traire. La bise qui lui fouettait le visage sur le chemin de l'école. Les doigts ankylosés par le froid sur le porte-plume. Le maître qui le félicite pour les pleins et les déliés de son écriture et son habileté au calcul mental mais qui se désole de le voir si peu à l'école. Pour l'oncle et la tante, c'est le travail de la ferme d'abord. Faire les andains au râteau avec les premiers foins de la fin du printemps. Sarcler les betteraves. Cueillir les framboises pour le marché du mercredi en prenant soin de ne pas les abîmer. Sortir le fumier de l'étable. Mener paître les moutons. Il n'y a guère de place pour les devoirs. Pourtant, il aime s'évader avec son livre de lecture, faire des multiplications sur son cahier du jour posé sur l'établi de la grange. Il est reçu troisième du canton au certificat d'études. Le maître dit qu'« il pourrait aller loin » mais le « petit Paris », comme on appelle les orphelins de l'Assistance publique, reste collé au cul des vaches et le dernier que l'on sert à table. Jusqu'à la mobilisation générale du 1er septembre 1939. François termine son récit au petit jour. Le cuisinier vient de lui servir un café fort à réveiller un mort. Claudia lui tend un toast recouvert de confiture d'oranges amères. « Tiens mange, tu ne sais pas qui te mangera, mais ne te laisse pas bouffer par tes souvenirs. »

Au petit matin d'un jour de juillet, à la fraîche, Claudia nage à gauche du port. Elle voit descendre François par l'unique chemin carrossable qui mène au sommet de l'île. Il est simplement vêtu d'un short beige de surplus militaire tenu par un gros ceinturon de cuir où est accroché le poignard de combat. Aujourd'hui, il doit ravauder les filets du pêcheur qui est déjà parti en mer. Il aime bien cet ouvrage qui demande patience et minutie. Claudia l'appelle. François hésite à la rejoindre, elle est nue, assise sur le ponton. Elle devine sa gêne et se couvre d'un paréo où sont reproduites des plumes de paon. « Viens t'asseoir », lui dit-elle en lui tendant la main. Elle sort de son panier en raphia un thermos de café et lui en verse dans une petite tasse décorée de calligraphies arabes. « Un prince égyptien. Fou de moi. Trop fou de moi. »

Claudia observe François sirotant son café, les yeux perdus dans l'horizon. Elle déteste ce qu'elle va lui annoncer. Mais elle n'a jamais menti. Même par omission. Sa franchise lui a valu de sacrées beignes quand elle était sur le trottoir. Elle hésite puis elle entoure l'épaule de François qui sursaute légèrement, surpris : « Anna ne viendra pas par le bateau de 10 heures, elle ne viendra plus. » Silence. « Je connais des gens en Amérique. Ils se sont renseignés. Anna s'est mariée, elle a une petite fille. Elle t'a oublié. De toute façon, tu n'étais pas de leur monde. C'était la guerre, le temps des sans lendemains. » François est foudroyé par cette annonce mais il ne peut y croire. C'est inimaginable, impensable. Il se dégage violemment et murmure :

« Si, Anna viendra.

— Non, François, elle ne viendra plus. Encore une fois, c'était la guerre. On avait besoin de l'illusion de se sentir aimé et parfois d'aimer pour survivre. Ça m'est arrivé à moi aussi. »

François se lève et remonte le chemin vers le village à grandes enjambées en répétant « Si, elle viendra », « Si, elle viendra », « Si, elle viendra ». Il s'arrête brusquement à mi-pente, plaque ses mains sur son visage. La tête lui tourne. Il a la nausée. Il fait demi-tour, prend une longue inspiration et court comme un dératé vers le port. L'eau, vite, l'eau. Tout au bout du quai, François stoppe net, dégaine son poignard, se taillade le cou et les poignets et plonge dans la mer.

Deuxième partie

Chapitre 6

L'île, automne 1985

Pierre débarque par le dernier bateau. Il pose son vieux sac à dos Karrimor violet sur le quai désert où un chat aussi roux que le couchant profite des derniers rayons du soleil. Il fume une Camel sans filtre en regardant le raidillon qui l'attend entre les hautes tiges vertes des cannes de Provence. À vrai dire, il ne s'attendait pas à un endroit aussi désert avec pour seul bruit le ressac contre le quai en béton.

Après un méchant coup de tabac dans sa vie, il vient se refaire une santé sur cette île qu'il ne connaît pas. Il lui a toujours fallu des bouts du monde pour s'éloigner de ses chagrins. Souvent, il est allé se réfugier dans les montagnes, derrière un rideau de sapins, au fond d'une combe, au bord d'un lac aux eaux noires comme l'encre. Se nourrissant de truites pêchées à la mouche, de pommes de terre et de tomme de brebis. Toujours à l'est. Mais cette fois, il a choisi un bout de caillou plongeant dans la Méditerranée. Pourtant, il n'aime pas spécialement l'eau. Il dit qu'il nage « comme une clé à molette ». Il déteste les plages bondées de corps qui puent le monoï. Mais ici, ce n'est pas pareil. C'est un nulle part marin comme il n'en a jamais connu. Il imagine qu'il va devoir se frotter à cette mer qu'il connaît si peu. Il lui faut de l'inconnu pour se réparer. Et surtout la solitude.

Au crépuscule, on peut distinguer sa silhouette fluette, blonde comme le blé en juillet, chercher son chemin jusqu'au cabanon qu'il a loué. Il ôte ses sandales pour fouler la terre rouge. C'est léger et agréable. Malgré la fatigue du voyage, il pourrait marcher des heures en écoutant le murmure de la mer. Il erre sur les corniches où il n'y a pas âme qui vive. Jusqu'à ce qu'il aperçoive une forme, assise sur un muret. Barbe et cheveux hirsutes, poivre et sel, il doit avoir la soixantaine, suppose Pierre qui le salue et lui dit qu'il est perdu. François éclate d'un rire gorgé de whisky et se lance dans une longue tirade de borborygmes ponctués du prénom « Anna ». Il finit par désigner un sentier parmi les arbustes et les buissons et se concentre sur chaque syllabe : « Le troisième cabanon à droite. La porte est bleue, y a marqué "C'est ici le Paradis". » François rit de plus belle : « Ça se mérite, le Paradis, hein ? Moi, ça fait un moment que je l'attends. Ne faites pas comme moi, sinon vous risquez de manger un sac de sel ici. Allez, le bonsoir, faites attention, des fois la première nuit, on ressent des choses bizarres. » Pierre met cette phrase énigmatique sur le compte de l'ivresse.

Chapitre 6

Il découvre la porte bleue à tâtons. La clé est cachée sous un cactus en pot. Il s'éclaire avec son briquet dans cet endroit qui sent l'humidité. Il finit par trouver la lampe à gaz qui diffuse une lumière falote à travers les deux pièces. Le confort est spartiate. Une pièce à vivre avec un réchaud à gaz et un évier qui fait également office de lavabo au-dessus duquel on a accroché de biais un miroir rectangulaire. Un mince filet d'eau coule au robinet. Dans la chambre, deux lits de fer une place avec des matelas fatigués, une étagère et une tringle où sont accrochés trois cintres. Il se couche tout habillé et grignote une pomme sortie de son sac à dos. Malgré la fatigue, il n'arrive pas à trouver le sommeil. Il ressent un drôle de malaise qu'il met du temps à comprendre. C'est le silence et l'obscurité qui le troublent. Même au plus profond des forêts des Vosges, il n'a jamais ressenti un tel néant dans un lieu. On doit pouvoir dormir les yeux ouverts ici tellement la nuit est absolue. Il se lève et va fumer une cigarette assis sur la roche. Elle est tiède comme une peau humaine. Il la caresse longuement et sent comme une palpitation monter en lui, qui viendrait de loin, des entrailles de la terre et du fond des temps.

Le lendemain, Pierre est réveillé par les goélands qui se chamaillent sur le toit de son cabanon. Il remplit une casserole d'eau et la met à chauffer. Il sort de son sac à dos le pot de café soluble dont il ne se sépare jamais. C'est sa drogue, il en boit plusieurs fois par jour. Il remplit un mug en tôle décoré d'une ancre de marine et va retrouver la grosse pierre sur laquelle il s'est assis cette nuit. Ce matin, elle lui semble étonnamment froide alors que le soleil réchauffe son torse nu. En bas, la mer caresse le rivage rocheux de ses vaguelettes. Au loin, il distingue un trait gris sur le bleu de l'azur, un bateau de guerre sans doute. Une brise légère apporte le parfum du fenouil sauvage. Il a toujours aimé les réveils dans des endroits inconnus, ces matins de découverte où il se dit que son chemin est sans fin, l'aventure toujours en embuscade. Il se souvient du goût de la sève de bouleau lors de son premier petit déjeuner à Vilnius, en Lituanie. Cette saveur inconnue lui avait fait oublier l'affreux hôtel bunker de l'ère soviétique dans lequel il avait dormi. Il avait ensuite erré dans les cours intérieures du vieux Vilnius. Dans l'une d'elles, on veillait la dépouille d'un vieillard livide. On l'avait invité à trinquer à sa mémoire avec un verre de vodka et un gros cornichon aigre-doux.

Pierre va se ravitailler à l'unique épicerie, sur la place du village, à mi-hauteur de l'île. Il bénit l'absence de circulation automobile. Le bureau de poste, logé dans la mairie, ouvre trois matins par semaine tout comme le boulanger dont le fournil surplombe la place. L'épicerie est un drôle de bazar baptisé « Chez le Canadien » où l'on trouve des haricots secs et du riz en vrac, des raviolis en boîte, des sardines à l'huile, des clous, de la ficelle, des hameçons, du savon à barbe, et quelques fringues bariolées. C'est aussi un bar où le choix est limité au café, à la bière en canette et au pastis. Un grand rouquin à la peau très blanche trône derrière le comptoir, occupé à changer les piles de la lampe torche que lui tend une vieille femme plus ridée qu'une pomme d'hiver. Il parle beaucoup. Les touristes se font rares en cette saison. Il demande à Pierre d'où il vient, où il loge et pour combien de temps il est sur l'île. Pierre sourit, évasif. Il n'aime pas qu'on lui tire les vers du nez. Quand il part ainsi à l'aventure et qu'il laisse les clés de son studio parisien à sa concierge, elle le raille toujours sur sa discrétion : « C'est pas la peine que je vous demande où vous allez. Sûrement au diable ! »

Tout juste consent-il à avouer à l'épicier qu'il a eu du mal à trouver son chemin, la veille, et qu'il a fini par rencontrer un homme aussi chargé qu'un tankiste soviétique à la vodka. L'autre lève les yeux au ciel : « C'est ce vieux fou de François. Il s'en est pris une sévère hier avec mon père. Ça leur arrive de temps en temps. Ils se racontent leur guerre. » Pierre fronce les sourcils :

« Leur guerre ?

— Mon père faisait partie des commandos américains et canadiens qui ont libéré l'île en août 1944 puis il a participé au débarquement en Provence. Mais il s'était juré de revenir ici. C'est là qu'il a rencontré ma mère, la fille des épiciers, mes grands-parents. La suite, vous la devinez, je suis la troisième génération de l'épicerie mais pour les vieux ici, on est toujours “les Canadiens”. Quant à François, je crois qu'il s'est battu dans l'est de la France, puis en Allemagne.

— Comment est-il arrivé ici ?

— Oh, ça, c'est une histoire aussi mystérieuse que cornecul à laquelle je n'ai jamais rien compris. François, c'est un vrai sauvage, un ermite. Il n'y a qu'avec mon père qu'il cause de temps en temps. Quand ils se prennent une cuite sous la pergola. Vous ne réussirez pas à l'approcher, François. Et puis, faites gaffe, il mord. Il a sorti la hache l'année dernière, quand une bande de jeunes s'est incrustée à la crique des Moines. Ça a failli mal finir. Mon père a dû descendre là-bas pour calmer le jeu. Je peux vous assurer que les gamins ne sont jamais revenus. »

Pierre finit de remplir son sac à dos avec ses provisions. « On dirait qu'il en a vu, du pays, votre sac », fait le Canadien. Pierre hoche doucement la tête. « Vous buvez quelque chose ? C'est ma tournée », propose l'épicier. Pierre hésite. Il n'a pas très envie de parler mais comme l'autre est du genre à faire les questions et les réponses, il accepte. La bière est fraîche et le Canadien très en verve : « Vous êtes venu un peu tôt. D'habitude, les gens viennent faire leurs courses à l'heure de l'apéro. Remarquez, je ne devrais pas dire “l'heure” car avec les Indiens d'ici, l'apéro peut durer jusqu'à 4 heures de l'après-midi. Dans ces cas-là, mon père dit qu'“ils ont mangé liquide” et on charge ceux qui ne tiennent plus debout dans la Jeep pour les raccompagner chez eux. » Pierre se sent obligé de sourire mais au fond il trouve cette histoire pitoyable. Le Canadien n'est pas dupe et tente de justifier le rituel de l'apéro : « Vous savez, quand les touristes ne sont pas là, il ne se passe pas grand-chose sur l'île. L'hiver, surtout, c'est long. Et puis avec les tempêtes, parfois le bateau ne peut pas traverser. » Pierre se tait mais au fond tout cela le réjouit. Il aime l'imprévisible des bouts du monde qui dictent leur loi. L'autre hiver, il était resté coincé durant une semaine dans un refuge en montagne à cause d'une coulée de neige. Il ne s'était pas inquiété de voir ses provisions diminuer. Il a toujours aimé la frugalité, le défi du dénuement. Il aime les dattes séchées, les noisettes et les mûres sauvages, une tranche de charbonnée cuite sur un feu de sarments, les bouffis avec des pommes de terre vieilles. Il garde l'eau du riz qu'il a cuit à midi pour arroser le persil qu'il sème quand il reste suffisamment longtemps pour faire un petit jardin. Il se rase avec le savon de Marseille qu'il utilise pour se laver ainsi que ses habits qui se résument à un short, un jean, un pull camionneur, une chemise épaisse, deux T-shirts, deux caleçons et une paire de chaussettes de l'armée à talons renforcés.

Dans le soir qui vient, il entend le tintement aigu d'une cloche dont il veut connaître la provenance. Il se repère au son de cet angélus à travers le maquis, atteint le sommet de l'île où il découvre une minuscule chapelle de couleur ocre. La porte est entrouverte. Il y a trois bancs façonnés dans un bois clair, les murs sont chaulés de blanc. Il s'attarde devant une Vierge à l'enfant émaillée bleu et blanc. Il aime les églises mais il ne prie pas. Il ne croit pas en Dieu alors il ne voit pas pourquoi ce dernier se serait arrêté sur cette île.

Chapitre 7

Vermont, hiver 1985

Anna dégage la neige sur le marbre blanc où est gravé en lettres d'or « Jacques 1945 ». La tombe est entourée de roses de Noël en fleurs. Il y a près de quarante ans, on lui avait refusé de voir son enfant mort-né mais elle avait exigé qu'il soit enterré dans la propriété familiale du Vermont. Son père avait fait creuser la terre dans le recoin le plus sauvage du parc, derrière un érable dont les feuilles mortes recouvrent la tombe à l'automne, ajoutant encore au secret de cette tragédie. Elle ne pourra jamais oublier le petit cercueil blanc descendant au bout des cordes dans la fosse. Quand elle y repense, c'est comme si ces cordes arrachaient la vie de son ventre. Personne ne s'aventure jamais là-bas. Personne ne sait qu'elle a mal à en crever quand elle embrasse le marbre glacé. C'est le baiser de l'amour à la mort. Un jour que le chagrin était encore plus insoutenable, elle s'était cogné le front jusqu'au sang contre la pierre. D'avoir fermé les yeux de tant d'hommes sur le front et dans les hôpitaux de campagne, elle sait à quel point la mort peut être injuste, inique. Mais pas au point d'emporter un enfant qui vient de naître et qu'elle n'aura jamais tenu dans ses bras. Chaque fois qu'on lui injectait le curare pour l'anesthésier avant les électrochocs, elle espérait très fort ne pas se réveiller sur cette terre mais rejoindre son enfant dans les limbes. Parfois, ça lui arrive encore. Par bouffées morbides. Elle voudrait reposer aux côtés de Jacques sous le grand érable. Elle sera là un jour. Quand elle aura achevé « son reste à vivre ». Personne ne peut le mesurer. La guerre lui a appris l'incertitude quand elle croisait le regard de ces hommes qui partaient au combat à l'aube et dont les yeux disaient : « Est-ce que je serai encore là ce soir ? » en attachant la jugulaire de leur casque. Elle en a vu en bouillie se raccrocher de manière inexplicable à la vie. D'autres, au contraire, le corps à peine abîmé par le trou d'une balle, se laisser partir, seuls, en silence. Qu'aurait fait François en pareille circonstance ? À quoi bon chercher la réponse. Depuis quarante ans, elle ne sait pas s'il est vivant ou mort. Le chagrin peut conduire à la folie, elle l'a vécu. Il s'est peu à peu évanoui dans le rythme trépidant de son existence. Mais l'amour est intact. Les heures qu'elle a partagées avec François l'habitent à chaque instant. Tout est là : leurs odeurs mêlées à celles de la paille et du foin, leurs mains qui ne se sont jamais lâchées durant cette nuit, leurs silences, leurs mots comme des évidences. La fureur du désir et la tendresse après l'amour. Et puis l'ultime regard de François qui disait : « Je reviendrai. »

Parfois, Anna rit toute seule : « Il me prendrait pour une vieille peau si on se retrouvait maintenant. » À soixante ans, elle n'a rien perdu de la rousseur de ses vingt ans, ni de l'éclat de ses yeux verts. Au dispensaire de New York où elle exerce depuis trente ans, elle est toujours « Anna *redhead* ». Sa décision de reprendre son métier d'infirmière en 1955 a précipité son divorce. « Je ne vois pas pourquoi tu travaillerais », lui avait lancé son mari sur le ton de leur profonde absence de complicité. Pourtant, il n'élevait jamais la voix. Il fuyait les conflits. Il lui parlait avec la voix résignée d'un homme qui savait ne pas être aimé et qui un jour ou l'autre finirait par être quitté en dépit des convenances de leur milieu social. Le pire pour Anna, c'est qu'elle n'éprouvait aucun sentiment pour cet homme, ni en bien, ni en mal. Elle aurait voulu le haïr, le mépriser, mais la passivité de son mari la désarmait. Il n'avait même pas réagi le jour où elle lui avait annoncé qu'elle ferait désormais chambre à part. C'est comme s'il avait été la marionnette consentante de son propre destin, à brasser des milliards, à revêtir chaque jour un costume valant trois mois de salaire d'un ouvrier. Il n'y a que pour Emma qu'il s'ouvrait, partageant naïvement ses jeux d'enfant, montant la coucher quand il n'avait pas un dîner d'affaires. Il avait accepté que sa fille aille à l'école publique, qu'elle soit un peu comme la liane sauvage qu'était Anna. Au fond, est-ce qu'il ne regrettait pas d'être si banalement bien né ? De ne pas être un sauvageon comme l'était François ? Anna ne lui avait rien caché de son histoire de l'hiver 44-45, de l'enfant mort-né. Sa franchise l'avait tétanisé mais tout en était resté là. Il ne pouvait pas changer le passé. Ils n'en avaient plus jamais reparlé.

Leur séparation avait été un bref coup de tonnerre dans la famille d'Anna. Comme un orage sans pluie. Sa mère l'avait rudoyée sèchement mais les affaires étant les affaires, son père était toujours en bons termes avec son ex-gendre. Anna bénéficie d'une très confortable rente mensuelle. Ce qui fait dire aux mauvaises langues que son salaire d'infirmière sert de pourboires dans les restaurants chics. Pourtant, entre le dispensaire, sa fille Emma, ses deux petits-enfants et son frère Peter qui vient frapper à sa porte après une nuit de clubs de jazz, d'héroïne et d'alcool, elle n'a ni le temps, ni l'envie de mener le train de vie auquel elle était prédestinée. Quant aux hommes, ils sont invisibles pour elle. Sauf un, dans ses souvenirs : François et ses yeux noirs.

Chapitre 8

L'île, Nouvel An 1986

Pierre arrose son assiette de haricots cornille cuits avec l'huile d'olive, ajoute un brin de romarin du maquis et une gousse d'ail écrasée. Il mange lentement avec une cuillère à soupe et s'interrompt de temps en temps en observant les lumières de la côte qui font comme une minuscule guirlande. Il songe aux fêtards du Nouvel An ; les cotillons ne lui manquent pas. Cette île lui offre une des plus belles solitudes qu'il a connues avec celle du Wadi Rum où il a séjourné plusieurs fois quand le vacarme du destin devenait trop assourdissant. Ici, il s'est fabriqué des petits rites qui remplissent ses journées. Braver les eaux froides de la pointe de la Galère au petit jour ; pêcher de quoi se faire une soupe de poissons ; ramasser du bois flotté qu'il sculpte au couteau, puis qu'il assemble avec de la ficelle pour en faire des mobiles qui se baladent dans le vent accrochés à une branche d'arbousier. Il écrit aussi au crayon de papier sur un bloc-notes quadrillé. Des lettres à un ami américain, journaliste, remplies de descriptions de l'île. Il ne parle jamais de lui. Juste « tout va bien ». Et puis, entre chien et loup, il marche sur les corniches désertes. Pieds nus en plein hiver. Pour sentir palpiter l'île. Il en apprend l'histoire par bribes quand il va chez les Canadiens. Il imagine le premier homme ayant posé le pied, il y a des milliers d'années, sur cette terre pauvre où peu de ce que l'on sème pousse, où l'eau douce est rare. Il imagine une cabane en cannes de Provence, du poisson qui sèche au vent, les baies d'arbousier que l'on dévore. La simplicité de sa vie stimule l'imagination de Pierre. Il y a surtout une histoire qui l'obsède. Le Canadien père la lui a racontée un jour après une rafale de pastis. C'était embrouillé et effrayant. L'île aurait abrité au XIXe siècle une colonie pénitentiaire où des enfants seraient morts de faim et de maltraitance. Certaines nuits, Pierre croit entendre leurs petits pieds courir joyeusement sur les solives du plafond. Il n'est pas effrayé, il voudrait les serrer dans ses bras, leur offrir du chocolat dont il fait une grande consommation.

Il doit être autour de 11 heures du soir. Il estime le temps à la fatigue de son corps car chaque jour, il savoure la liberté d'avoir laissé sa montre s'arrêter et d'avoir décidé de ne plus la remonter. C'est un grand privilège de ne plus se préoccuper de l'heure qu'il est. Il frissonne en allumant une Camel. Il met un rondin dans le petit poêle en fonte et jette un coup d'œil à la fenêtre à la droite de son bungalow. En contrebas, une lueur tremblote dans l'obscurité. Soleil d'Or ne dort pas, contrairement aux autres soirs où tout est noir là-bas à cette heure-là. Il n'a pas revu François depuis qu'il l'a découvert ivre lors de son arrivée sur l'île. Il n'a pas reposé de questions à son sujet aux Canadiens. Il ne s'est jamais aventuré dans le dédale de rochers, de buissons et de grosses racines qui conduisent à Soleil d'Or. Il aime trop sa solitude pour ne pas respecter celle des autres. Mais ce 31 décembre où le vent froid enfle, il chausse sa paire de rangers, enfile son gros pull camionneur et glisse sa lampe torche dans la poche arrière de son jeans. Arrivé au bout de la corniche qui mène à la pointe de la Galère, il emprunte l'étroit sentier escarpé. Il n'a pas besoin d'allumer sa torche. Ce soir, la lune est pleine et sa lumière blanche, qui fend la mer, lui suffit pour anticiper le relief. Il aperçoit la faible lueur de Soleil d'Or. Il s'en rapproche à pas de loup. Il se tapit sur une grosse dalle qui surplombe la maisonnette à mi-hauteur. La porte d'entrée est entrouverte. Il entend des pas à l'intérieur. Comme un va-et-vient frénétique. Et puis la voix enflammée de François : « Je voudrais te lire quelque chose avant la nouvelle année. C'est un poème que m'avait fait découvrir Claudia. Ça s'appelle "L'amour est une compagnie". » François parle lentement, comme s'il lisait avec une application un peu laborieuse :

« L'amour est une compagnie.
Je ne peux plus aller seul par les chemins,
parce que je ne peux plus aller seul nulle part.

Une pensée visible fait que je vais plus vite
et que je vois bien moins, tout en me donnant envie de tout voir.
Il n'est jusqu'à son absence qui ne me tienne compagnie.
Et je l'aime tant que je ne sais comment la désirer.
Si je ne la vois pas, je l'imagine et je suis fort comme les arbres hauts.
Mais si je la vois je tremble, et je ne sais de quoi se compose ce que j'éprouve en son absence.
Je suis tout entier une force qui m'abandonne.
Toute la réalité me regarde ainsi qu'un tournesol dont le cœur serait son visage. »

Silence. Puis François s'écrie : « Bonne année, mon Amour. Qu'il y en ait encore plein ! » Pierre a reconnu les vers de Fernando Pessoa dans *Le Gardeur de troupeaux*. Mais surtout, il se demande qui peut bien être cette femme qui habite avec François. Elle ne dit rien face à la volubilité de François. Deux verres s'entrechoquent : « À nous deux, mon Amour. » De nouveau le silence ; ils doivent être en train de boire. « Il est bien, ce petit vin de myrte. On aurait dû cueillir plus de baies. Parce qu'à la vitesse où on le descend, il n'y en aura bientôt plus. » Un bruit de chaise racle le sol : « On va faire trempette dans le vin avec les navettes du boulanger. » Silence. « C'est bon, hein ? Le goût de fleur d'oranger du gâteau avec celui du myrte, ça va bien ensemble. » François rit : « Tu te rappelles les biscuits de ta ration qu'on avait mangés au buffet de la gare ? Je veux pas dire, mais les navettes, c'est quand même meilleur. » Pierre voudrait en savoir plus mais il ne peut pas s'exposer davantage. Alors, il attend. À un moment, il lui semble voir passer une ombre dans l'entrebâillement de la porte. « Tu veux qu'on aille se coucher ? » lance François. Silence. « C'est sûr, on sera mieux au lit. D'autant que ça se rafraîchit drôlement cette nuit. Je vais nous chauffer une bouillotte. » Les yeux de Pierre sont lourds de fatigue et surtout de questions.

Chapitre 9

New York, janvier 1986

Anna et sa fille s'engouffrent dans un taxi en frissonnant. Il fait un froid de chien. Anna est maussade et semble ignorer la main d'Emma qui vient de se poser sur la sienne. La jeune femme a longuement bataillé pour persuader sa mère de participer à cette soirée de charité au profit des vétérans de la Seconde Guerre mondiale dans le besoin. Il y aura tout le gratin de New York, des politiques et une belle brochette de galonnés. Des sincères qui savent à quel point la guerre massacre les corps et les âmes. Des silencieux meurtris dans leur chair et dans leur mémoire. Des femmes et des hommes qui ont perdu un mari, un frère, un fils. D'anciennes infirmières engagées comme Anna, arrivées d'un peu partout des États-Unis et même du Canada. Certaines arborent leurs médailles. Anna a oublié les siennes, rangées au fond d'un tiroir de la commode dans sa chambre. Les politiques vont parler de patriotisme. Les faux culs venus ici uniquement pour se faire voir signeront des chèques. « Tu vas les faire cracher », a lâché Emma avec une pointe de cynisme quand elle a appris qu'Anna devait témoigner lors de ce gala de charité. Sa mère n'est pas dupe. On l'a voulue elle parce que la notoriété de son nom pèse lourd au sein du gotha américain. Elle a vidé trois paquets de Lucky Strike pour rédiger son discours. Elle a refusé tous les superlatifs, adjectifs, adverbes qu'Emma a voulu ajouter avec sa plume enflammée. Elle ne veut pas briller, seulement dire, et dans la plus modeste apparence. Un tailleur-pantalon bleu marine. Pour l'occasion, elle a fait couper court sa crinière rousse, ce qui a provoqué un séisme au dispensaire.

Elle monte à la tribune sans un regard pour la nombreuse assistance. Elle ne sort pas les feuilles de son discours. Un bref instant, elle ferme les yeux en prenant une profonde inspiration et en serrant les poings derrière le pupitre. La première phrase jaillit de sa voix rauque de fumeuse comme une balle de M16. « Mesdames, mesdemoiselles, messieurs, avez-vous déjà vu, entendu un homme appeler sa mère avant de mourir ? » Le silence qui suit est vertigineux, immense, ponctué des soupirs de celles et ceux qui savent. « Moi, je sais ce que c'est, mais ça n'a pas d'importance que ce soit moi. Je suis ici ce soir simplement comme une passeuse, une passeuse de mémoire. De la mémoire de tous ceux qui ne sont pas revenus à la maison en 1945. » Tout lui revient. Elle ne voit plus la salle, mais une sorte de film en noir et blanc aux images qui tremblotent d'émotion : le tri des blessés avant la morgue ou le bloc opératoire sommaire, les amputations à la chaîne, les tripes à l'air, le sang qui vous collait à la peau après des journées sans fin, une main qu'elle tenait avant un dernier souffle, les yeux des morts qu'elle fermait en les caressant doucement. Mais elle garde tout cela pour elle. À l'assistance, elle parle affection, solidarité, fraternité. Elle raconte l'histoire d'un menuisier vosgien qui, jour et nuit, rabotait et clouait les cercueils des morts tandis que sa femme et ses filles faisaient de la charpie pour les blessés. Un soir, l'homme s'est écroulé de fatigue. Elle dit qu'elle n'a fait que « son devoir », qu'elle hait cette guerre qui a gâché la jeunesse de sa génération, qu'il faut penser à tous les frères d'armes du monde entier qui ne s'en sont jamais remis, à tous les cabossés de la Corée et du Vietnam qu'elle soigne au dispensaire. Et soudain, d'une voix rauque, elle lance une diatribe rageuse : « Mesdames, mesdemoiselles, messieurs, pouvez-vous me dire quelles leçons nous avons tirées de toutes ces boucheries ? À quoi ont servi les litanies de "plus jamais ça" ? À rien. On continue de s'entretuer dans le monde, les plus forts font se battre les plus faibles en se demandant qui le premier serait capable d'appuyer sur le bouton de la bombe atomique. On appelle ça la guerre froide mais c'est la pire des hypocrisies. Elle enrichit les marchands de canons, elle meurtrit des peuples entiers dont tout le monde se contrefout. Vous êtes ici dans vos plus beaux atours, un magnifique buffet nous attend et je ne doute pas un instant de votre générosité. Mais qui d'entre vous serait capable de venir laver dans mon dispensaire le corps déglingué et crasseux d'un homme toujours hanté par la bataille de Monte Cassini ou l'offensive du Têt ? » La salle reste suspendue à la suite de son discours mais elle a fini. Un tonnerre d'applaudissements retentit quand elle quitte la tribune. On veut la congratuler mais elle n'en a que faire. Emma se précipite pour l'embrasser et l'éloigner un peu de la foule qui s'est levée. Anna ne voit qu'une personne : François en train de l'embrasser fougueusement sur un quai de gare. C'est plus fort qu'elle et ce soir, cette vision la met en rage. Pourquoi n'est-il pas là ? Pourquoi n'a-t-il jamais donné signe de vie ? Elle déchire le discours qu'elle avait rédigé, refuse la coupe de champagne qu'on lui tend. Elle veut un whisky sans glace. Emma s'approche avec un couple. « Il y a quelqu'un qui voudrait te parler. » Anna se retourne et lâche un « bonsoir » fatigué. « Tu ne me reconnais pas ? » Anna tente en vain de fouiller dans sa mémoire, gênée. Elle ne sait pas mentir face à cette femme blonde accompagnée d'un homme qui porte de grosses lunettes opaques et dont le visage est grêlé de points noirs.

« Non, je suis désolée.

— Audrey, ça ne te rappelle rien ? »

Anna boit une gorgée de whisky. Audrey, Audrey… Elle scrute ses prunelles turquoises et, soudain, ça lui revient : elles étaient ensemble sur le bateau qui les transportait vers la France en 1944. Elles se retrouvaient sur le pont pour fumer et tiraient des plans sur la comète. Elles se voyaient déjà au chevet des *boys* en train de les soigner, de les réconforter. Dans leur imagination, tout était blanc avec des draps immaculés dans les lits douillets d'un hôpital, à l'abri des combats. Aujourd'hui, leurs regards mêlés semblent dire : « Si on avait su… » Audrey pose la main sur l'épaule de l'homme qui l'accompagne : « Je te présente Jim, mon mari. » À la manière mécanique dont il lui tend la main, Anna comprend tout de suite qu'il n'y voit plus. « Enchanté, dit-il en souriant. Alors, c'est vous Anna la Rousse dont Audrey m'a souvent parlé. » Anna hoche la tête en lui rendant son sourire et se rend compte de sa bévue car il n'a pas pu voir sa mine. « Oui », souffle-t-elle gauchement. Les lunettes noires la fixent : « Je crois que vous êtes au whisky. Je vais en prendre un pour trinquer avec vous. » Audrey approche le verre de la main droite de son mari qui s'en empare comme s'il voyait. « Tchin-tchin ! » fait l'homme en levant son verre. Un galonné s'approche :

« Et moi alors, Jim, je n'ai pas le droit au tchin-tchin ? lance-t-il en tendant sa coupe de champagne.

— Bien sûr que si, réplique Jim. Mais avec toi, Ted, je trinque tous les jours.

— On n'allait pas se quitter comme ça en 45, dit l'homme en lui donnant un coup de coude. Permettez, Audrey, je vous emprunte votre mari quelques minutes. On va refaire la guerre entre anciens… Non, je plaisante. Mais il y a ici quelques amis qui seront heureux de retrouver Jim. »

Les deux hommes se fondent dans l'assemblée. Audrey fixe Anna avec un air interrogatif : « Tu as compris ? » Anna murmure un sobre « oui » et termine son whisky.

« Je crois que je vais en prendre un autre.

— Moi aussi. »

Les deux femmes boivent une gorgée. « C'était à Bastogne, dans les Ardennes, en décembre 1944. J'étais infirmière à la 101e division aéroportée. Jim est arrivé la tête enveloppée dans un drap plein de sang. Il souffrait atrocement. On lui a donné de la morphine. Il était dans les vapes quand on a défait son bandage. Il avait le visage criblé d'éclats de shrapnel et le médecin a tout de suite compris quand il en a vu dans ses yeux. Il a simplement dit : "Il ne verra plus." Les premiers jours, Jim parlait peu. Il m'a juste dit que son dernier souvenir était l'explosion d'une grenade face à lui. Il était toujours camé quand on refaisait ses pansements. Le moindre mouvement du visage lui était insupportable. Je lui donnais de l'eau et de la soupe avec une paille. On redoutait tous le moment où il comprendrait qu'il était devenu aveugle. Mais tu sais, dans la vie, ça se passe rarement comme on l'imagine. Une nuit où j'étais de garde, je suis allée dans la salle où il était installé. Dans l'obscurité, j'ai vu une petite flamme. C'était celle de son briquet. Il la faisait danser devant ses yeux, il avait enlevé son bandage. Je me suis approchée doucement. Je ne savais pas quoi faire.

Il a senti ma présence. Il m'a juste demandé : “De quelle couleur est la flamme ?” “Jaune”, j'ai murmuré. Et puis j'ai fondu en larmes. Il a cherché ma main, il l'a serrée en me disant : “Ne pleurez pas, ça me réchauffe le visage, c'est déjà ça.” Je te jure sur la tête de nos trois enfants qu'il n'a jamais évoqué autrement sa cécité. » Anna est toute remuée. Elle frissonne. Elle se souvient d'un cadavre retrouvé énucléé au bord du Rhin au petit matin. Les rats avaient mangé ses yeux durant la nuit.

« Il n'a jamais exprimé le regret de ne jamais pouvoir te voir ?

— Non, jamais. Mais il peut te décrire mon visage et mon corps du bout de ses doigts. Rien qu'au froissement du tissu, il peut te dire quelle robe je suis en train de mettre. Idem avec le bruit de mes chaussures. Chaque fois qu'il me touche, qu'il me respire, il dit que je suis belle, que je suis la femme de sa vie.

— Tu l'aurais aimé s'il avait été voyant ? » demande Anna.

Audrey boit une gorgée de whisky et souffle : « Je ne sais pas. »

Chapitre 10

L'île, printemps 1986

Soleil d'Or est devenu une obsession pour Pierre. Depuis son bungalow, il ne peut s'empêcher d'y épier le moindre signe de vie avec la paire de jumelles qu'il a achetée sur la côte. Il se lève avec le jour, se prépare un premier café, allume une cigarette, pose une chaise près de la fenêtre, s'assoit et attend. Comme au théâtre. Quand le rideau se lève, François apparaît en short, torse nu, et s'en va pisser dans le maquis. Toujours au même endroit. Il urine en regardant vers le port. Le bateau de 10 heures est encore loin. Puis François rentre et ressort quelques minutes plus tard le nez dans un bol. Ça doit être du café. Entre deux gorgées, il parle tout seul. Pierre aimerait savoir lire sur ses lèvres. Il se demande ce qu'il peut bien raconter de si bon matin. Ça agace d'autant plus Pierre qu'il a toujours détesté les conversations matinales. Ses amis disent que c'est pour cette raison qu'il n'a jamais vécu à deux ; qu'il écourte toujours ses coucheries pour détaler au milieu de la nuit. Quand il dort à l'hôtel, il se planque dans un recoin de la salle des petits déjeuners pour n'avoir affaire à personne. De plus, il a une sainte horreur des odeurs de parfums et des après-rasages au réveil.

Il se prépare un autre café soluble. François est en train de fendre du petit bois sur un billot puis il descend à la crique des Moines où il relève des nasses et pêche avec une canne en bambou. C'est son rite matinal. Immuable. Mais c'est surtout quand l'obscurité vient que Pierre aime aller observer François. Il descend pieds nus vers Soleil d'Or. Il s'allonge à plat ventre sur la pierre plate surplombant l'entrée de sa maisonnette. Il connaît la moindre aspérité du rocher et ajuste son corps au relief pour être le plus invisible possible. Maintenant que le printemps est là, la porte est grande ouverte. Il épie ses allées et venues dans la pièce principale car il perçoit souvent des bruits de vaisselle et des crépitements de cuisson. « Les patates sautées sont bientôt prêtes, chérie, on va pouvoir passer à table, s'écrie joyeusement François, je vais cueillir un peu de romarin pour mettre dessus. » Mais jamais, depuis qu'il l'observe, Pierre n'a entendu une voix lui répondre, ni n'a aperçu de silhouette. Il tend autant qu'il peut l'oreille pour savoir s'il entend le bruit d'une ou de deux fourchettes, de deux pas différents. Pourtant, la présence d'une femme lui paraît évidente tellement Soleil d'Or semble abriter un amour fusionnel. La preuve, un soir, il a cru assister à une scène de jalousie. « Tu sais, je n'aime pas ces dîners à plusieurs chez les Canadiens. J'y vais pour te faire plaisir. En plus, tu m'obliges à m'habiller comme l'as de pique. » Pierre voit clairement François boutonner une chemise blanche.

« Que tu es belle dans ta robe verte, mon Amour ! Tu vas encore séduire les hommes. »

« Comment ça, il n'y a que moi ? J'espère bien ! »

« Allez, avoue, tu aimes bien quand je suis un peu jaloux ? »

« N'empêche que je n'aurais jamais imaginé être aimé d'une femme aussi magnifique que toi. Ah mince, j'ai oublié de donner le grain aux poules. J'y vais. »

Pierre a juste le temps de s'enfoncer dans les fourrés alors que François sort de la maisonnette et se dirige vers le poulailler situé non loin de la pierre plate. Depuis des semaines, il garde ce mystère pour lui, il ne s'en est ouvert à personne sur l'île. De toute façon, ses échanges se limitent aux Canadiens de l'épicerie.

Un jour de mars où Pierre va cueillir de l'ail triquet pour faire un pesto, il entend un bruit de tronçonneuse dans le maquis, puis un cri sourd. Il dévale la broussaille pentue et découvre François à terre. Son visage est un masque de souffrance. Il tient sa cheville gauche, les mains ensanglantées. Il est muet quand Pierre lui fait un garrot avec sa ceinture et entoure avec son chèche la plaie profonde laissée par la chaîne de la machine. Une lame de douleur a transpercé son ventre alors qu'il tentait de soulever un arbre mort. Avec l'âge, la vieille blessure de l'hiver 44-45 se réveille parfois et le terrasse.

Sur la dalle du port, un petit attroupement s'est formé en attendant le bateau-ambulance. Les Canadiens père et fils et Pierre se tiennent au chevet de François que l'on a allongé sur la civière de la capitainerie. Il murmure en boucle, entre confusion et demi-conscience : « Pas à l'hôpital, pas à l'hôpital. Anna va me soigner, elle est infirmière. » Pierre interroge du regard le Canadien père qui baisse les yeux tristement, se relève, l'emmène un peu à l'écart et lui lance :

« Vous avez compris, j'imagine ?

— Compris quoi ? demande Pierre.

— Il est seul. Il n'y a pas d'Anna. Sauf dans la vie qu'il s'imagine ici avec elle. Il l'attend depuis quarante ans. C'est une très vieille histoire. Il l'a connue dans les derniers mois de la guerre. Ils s'étaient juré de se retrouver ici après la fin des combats. Mais elle n'est jamais venue. Ni en 46, ni après. Quand il a su qu'elle s'était mariée en Amérique, il a voulu se tuer. Vous avez peut-être vu ses cicatrices sur son cou et ses poignets. Il s'est tailladé avec son poignard avant de se jeter à l'eau ici, c'est moi qui l'ai repêché. Même avec moi qui suis son seul copain sur cette île, il continue de faire comme si elle vivait avec lui. Il sait que je sais mais c'est comme ça. Quand il vient boire l'apéro, il me dit : "Faut pas que je rentre trop tard, elle va s'inquiéter." Il me commande des cadeaux pour elle que je fais venir du continent, du parfum, des chocolats. Il y a même des colis du catalogue de La Redoute qui arrivent pour lui. Comme moi, la postière joue le jeu quand il lui parle des robes qu'a commandées Anna. Tous les autres sur l'île le prennent pour un fou…

— Il ne l'est pas, pour vous ? demande Pierre, abasourdi.

— Non. Quand on en a bavé comme on en a bavé pour vous libérer, quand on a vu les amis mourir, on a bien le droit de se fabriquer une autre vie que cette merde que l'on a vécue. On a pris vingt ans d'âge en pataugeant dans le sang et la mort. À la fin, on a gagné, mais à quel prix ? Les plus chanceux d'entre nous ont retrouvé leur fiancée au pays. Moi, je suis un peu un cas à part. J'ai rencontré ma femme dans les ruines fumantes de cette île. Mais vous avez déjà pensé à tous ceux qui sont rentrés tout seuls, à ne pas pouvoir se dépêtrer de leurs putains de cauchemars de la guerre ? J'ai des potes qui se sont noyés dans le whisky, ils se sont suicidés à petit feu. Aujourd'hui, ils sont tous morts. François, lui, survit avec sa chimère. C'est sûrement pas moi qui irais l'en empêcher. Sa solitude le protège. Le premier qui ricane sur lui, il prend mon poing dans la gueule et c'est déjà arrivé. Vous, vous n'êtes pas comme ça, hein ? »

Pierre tourne la tête en soufflant « non » et en fourrageant ses cheveux blonds. Il a le vertige après avoir entendu cette histoire. Cet amour d'une telle force dépasse sa raison. Il fixe l'écume qui fouette les rochers fauves. Il se dit qu'il ne peut y avoir que cette île pour accueillir une telle démesure. Il se rappelle les paroles de la chanson de Barbara :

« Dis, quand reviendras-tu ?
Dis, au moins le sais-tu ?
Que tout le temps qui passe
Ne se rattrape guère…
Que tout le temps perdu
Ne se rattrape plus. »

Le bateau-ambulance chahuté par une mer capricieuse s'éloigne.

Chapitre 11

L'hôpital sur la côte, printemps 1986

Quand il est entré dans la chambre d'hôpital, Pierre a failli ne pas reconnaître François. On lui a coupé les cheveux et on l'a rasé. Il est vêtu d'un T-shirt blanc et d'un bas de pyjama bleu ciel. Il accueille Pierre d'un regard familier, un brin ironique, comme s'ils s'étaient toujours connus. Pierre a bien du mal à cacher sa gêne avec son ballotin de chocolats entre les mains. Il finit par le tendre à François en marmonnant :

« Je me suis dit que ça vous changerait du plateau-repas de l'hôpital.

— Comment ça, "vous vous êtes dit" ? Mais c'est très bon ici. Je n'ai jamais aussi bien mangé. »

Il défait les cordons du ballotin. « Fallait pas, ça a dû vous coûter cher, vu comme c'est bien emballé. » Il prend tout son temps pour choisir un chocolat, comme un enfant gâté. Il le grignote lentement, comme si c'était une chose précieuse.

« La première fois que j'en ai mangé, c'était quand mon copain Charles venait me voir garder les vaches. C'était le fils du médecin du village. Il a partagé avec moi son goûter : un morceau de pain fourré d'une barrette de chocolat. Je me souviens encore du nom, le chocolat Besnier. Je devais avoir huit ans. Nous étions inséparables. Pourtant, on était vraiment différents. Charles, il était toujours le premier de la classe ; cela dit moi j'étais pas mauvais, mais j'étais souvent absent. On avait besoin de moi à la ferme. J'aurais sans doute été meilleur si j'avais été tous les jours à l'école. C'étaient des gens bien, les parents de Charles. Comme j'étais tout seul, ils ont voulu qu'on fasse notre communion solennelle ensemble. Ils m'ont acheté un petit costume, des chaussures vernies et j'ai mangé avec eux. Il y avait une pièce montée très haute avec des choux à la crème et du caramel. Je m'en suis goinfré. »

Pierre songe à la pièce montée décrite par Gustave Flaubert lors du mariage d'Emma et Charles Bovary.

« Ça ne vous intéresse pas ce que je vous raconte ? dit François en choisissant un autre chocolat.

— Si, si.

— Après, on a passé notre certificat d'études ensemble. Charles a été reçu premier du canton, moi troisième. Et puis on a fait chacun notre route. Charles est allé au lycée à Dijon. Moi, je n'ai pas bougé, toujours au cul des vaches. Fin 45, j'ai écrit chez ses parents pour avoir des nouvelles. Charles était entré dans la Résistance, il avait pris du galon.

Il a été dénoncé, torturé et fusillé à la prison de Montluc à Lyon. Il y a son nom sur le monument aux morts dans notre village du Morvan. »

Silence. Il fixe Pierre : « Je radote, hein ? » Non, fait l'autre de la tête. « Tiens, prenez donc un de vos chocolats quand même. » Pierre saisit un bonbon du bout des doigts. « Vous, vous êtes pas un manuel, vous avez des mains fines à tenir un stylo. » Silence. « J'ai toujours su que vous m'observiez. Du matin au soir et même la nuit sur le caillou plat. Au début, je me suis demandé quel hurluberlu me matait comme ça. Ça m'a foutu en colère. J'ai même failli monter vous casser la gueule. J'en ai causé deux mots au Canadien. J'ai compris qu'on était un peu faits du même bois tous les deux, que vous ne cancaniez pas sur moi au village, que vous étiez un solitaire. » Il croque un autre bout de chocolat : « Vous avez compris, pour Anna ? » Pierre acquiesce doucement.

« Vous devez me prendre pour un fou.

— Non, sourit doucement Pierre. On a tous une histoire qui ne tient pas debout mais qui nous tient debout, qui nous maintient en vie.

— C'est pas faux. Sans cette foutue blessure dans mon bide, on ne se serait peut-être jamais connus ? »

Pierre réfléchit quelques secondes :

« Sans doute pas.

— Et pourtant, vous étiez là à me regarder vivre toute la journée et vous n'auriez pas fait le premier pas. Vous êtes un type bizarre, non ?

— On le dit.

— Qui c'est "on" ? fait François.

— Les gens qui me connaissent un peu.

— M'est idée qu'ils ne doivent pas être nombreux ? »

Pierre ne répond pas.

Après l'hôpital, François refuse d'aller en centre de rééducation comme le lui conseillent les médecins. Pierre et les Canadiens l'accompagnent pour son retour sur l'île. Ils embarquent par le bateau de 16 heures. François insiste pour s'asseoir à la proue. Il se gave d'embruns les yeux mi-clos et pense à Anna. Et dire qu'elle pourrait être ici, assise sur le même banc, la main dans la sienne. Ils auraient pris le bateau de 8 heures pour aller faire le marché du jeudi sur la côte. Ils auraient commencé par boire un café à leur terrasse préférée, à côté du terrain de pétanque bordé de platanes. Ils auraient regardé la petite station balnéaire s'éveiller. Ils auraient trouvé le ballet des autos trop bruyant pour leurs oreilles d'îliens. Au marché, ils auraient acheté les fruits et les légumes du moment. Les abricots de juillet qu'Anna aime tant poêlés à la lavande ; les asperges vertes de Provence en avril qui rappellent à François celles, sauvages, du Morvan. Anna aurait acheté les olives noires à la grecque qu'elle picore toute la journée. Chez le boucher, ils auraient pris les côtes d'agneau dont elle raffole quand François les grille sur un lit de romarin de l'île. Ils auraient emprunté la rue piétonne pour aller à la librairie récupérer la commande de livres d'Anna.

Puis elle serait allée chez la coiffeuse. François l'aurait attendue au café où il aurait lu le journal en buvant un pastis. Elle serait revenue sur le coup de midi, plus flamboyante que jamais avec sa crinière rousse. Il aurait eu très envie d'elle. Elle aurait déjeuné d'une salade César qui lui aurait rappelé son Amérique natale ; elle aurait picoré aussi les frites de l'entrecôte de François. Ils auraient fumé rêveusement en attendant le prochain bateau. Arrivés sur l'île, ils auraient déposé leurs provisions dans la Jeep du Canadien pour qu'il les transporte jusqu'à Soleil d'Or. Ils seraient rentrés à pied jusqu'à la maisonnette par le sentier du bord de mer. Anna aurait voulu qu'ils s'arrêtent à mi-chemin pour profiter du soleil encore chaud adossés à un rocher. Ils auraient poussé la porte jamais fermée de Soleil d'Or. Et invariablement, François aurait dit : « On est bien d'être rentrés chez nous. »

Là, il ne dit rien quand, claudiquant, il franchit le seuil de sa maisonnette en se tenant au chambranle de la porte. Les Canadiens et Pierre restent en retrait, en silence. La veille, ils ont briqué l'endroit, rempli les placards et installé un fauteuil de relaxation pour lequel ils se sont cotisés. François en fait le tour d'un air maussade.

« C'est quoi ce machin ?

— Un bon fauteuil pour que tu puisses te reposer avec ta jambe et ton ventre, anticipe le Canadien père.

— C'est ça, tu crois que je suis déjà impotent.

— J'ai jamais pensé ça, proteste l'autre, mais tu sais bien qu'il faut que tu te ménages. »

François devrait s'économiser, mais c'est plus fort que lui, il veut continuer d'arpenter le maquis. Pierre l'a regardé se fabriquer un bâton de marche dans une branche de chêne vert en maniant la plane de charron et le ciseau à bois. François lui a proposé d'essayer à son tour. Il a souri de la gaucherie de Pierre et de le voir transpirer quand il lui a fait scier un morceau de cade. « Sentez l'odeur du cade, c'est tout le maquis qui embaume. L'été, je le fais brûler pour chasser les moustiques. » Chaque matin, de bonne heure, Pierre descend à Soleil d'Or. Il apporte le gros pain du boulanger. François a préparé le café. Ils déjeunent en silence. François mange avec application comme ceux qui savent la valeur de la nourriture. Il humecte son doigt pour ramasser les miettes de pain, qu'il place dans un petit bol pour en faire de la chapelure. Après avoir vidé la cafetière, François s'appuie sur sa canne de marche et le bras de Pierre pour se mettre en route. Il peste de ne pouvoir descendre seul jusqu'au rocher de la crique des Moines où il a l'habitude d'accrocher ses nasses. Il apprend à Pierre à les relever. L'autre jour, il a éclaté de rire quand Pierre est tombé à l'eau après s'être emmêlé les pieds dans une corde. En ce début de printemps, la mer est encore froide mais chaque matin, François baigne sa cheville meurtrie assis sur un rocher qui dépasse de l'eau. Les médecins lui ont déconseillé la baignade avant l'été mais il n'en a que faire. Pierre vide le poisson et le rince à l'eau de mer. « Il n'y a rien de meilleur », affirme François qui est intarissable sur la crique des Moines.

Un matin, il a l'air particulièrement sérieux en regardant les flots.

« J'avais jamais vu la mer avant de venir ici. Sauf dans les livres à l'école où une grande carte du monde était punaisée à côté du tableau noir. À l'époque, je me disais que ce ne se serait jamais pour moi. Que toute ma vie se passerait dans le Morvan comme garçon de ferme. Ce n'était pas que j'étais résigné mais je ne pouvais pas imaginer d'autres paysages que le bocage, les collines, les forêts, les ruisseaux et les lacs. En ce temps-là, on disait qu'on mourrait dans le lit où on était né. Ça ne me chagrinait pas. À seize ans, j'ai changé de ferme, les patrons étaient meilleurs. La soupe était bonne, je dormais dans un vrai lit et j'avais du linge propre chaque semaine. Ça doit vous sembler le Moyen Âge cette époque, hein ? Et pourtant c'était comme ça pour moi avant cette putain de guerre. Si elle n'avait pas eu lieu, je ne serais jamais parti.

— Vous regrettez ? demande doucement Pierre.

— Non. Bien sûr, je regrette tous les morts de cette boucherie, y compris les êtres humains que j'ai tués. Mais sans la guerre, je n'aurais jamais rencontré Anna. Vous devez vous dire qu'une nuit, ce n'est rien dans une vie, mais c'est tout pour moi, c'est ma vie entière. Vous savez, je parle à la mer, je lui dis tout. Le moindre détail. Tiens, avant d'être hospitalisé, je lui ai demandé pourquoi mes pois chiches étaient si gringalets cette année. Des fois, c'est elle qui prend l'initiative. Surtout quand elle n'est pas tranquille. On dirait qu'elle a besoin de se mettre en colère pour me dire des choses graves. Dans ces moments, les vagues grondent aux Moines. Un jour, elles chuchotent qu'Anna reviendra. Un autre, que je serai seul ici jusqu'à la fin des temps.

— Et vous la croyez ?

— Qui ?

— La mer ?

— À vrai dire, je ne sais pas. Des fois oui, des fois non.

— Et vous arrivez à supporter cette incertitude ?

— Oui, parce que j'aime Anna et que je fais comme si elle était ici. »

Ils sont en train de se régaler d'un ragoût de poulpe aux haricots blancs. François sait que dans son dos, Pierre n'en finit pas de scruter la photo jaunie aux contours dentelés d'Anna et de lui prise à la gare durant l'hiver 44-45. Il n'aurait jamais imaginé partager cette image avec une autre personne.

« Elle est belle, hein ?

— Oui, très belle.

— Quand j'ai le cafard, surtout l'hiver quand il y a la tempête et la pluie, je me dis qu'elle était trop belle pour moi et que c'est pour ça qu'elle n'est pas venue.

— La belle et la bête », ose Pierre.

François sourit tristement :

« Un peu. Disons aussi la fille d'un milliardaire américain et un garçon de ferme devenu soldat.

— Vous n'avez pas pensé rester dans l'armée ?

— Non, j'ai détalé comme un lapin pour venir sur cette île retrouver Anna. Pourtant, on m'a proposé de monter en grade, de partir en Indochine. Avec le temps et elle qui n'est pas venue, je me dis que l'armée aurait été ma famille.

— Une famille… » répète Pierre en fumant rêveusement.

Chapitre 12

New York, été 1986

Anna n'en finit pas d'éponger le front de son frère en sueur. Son teint est jaune comme un coing. Son foie est rongé par la cirrhose, ses reins sont en train de le lâcher. Anna lui prodigue tous les soins possibles pour alléger sa fin de vie. Elle l'a sorti de l'hôpital pour l'installer chez elle. Entre deux piqûres de morphine, Peter somnole, délire en évoquant des îlots gorgés du sang de ses camarades tombés durant la guerre du Pacifique. Quand il se réveille, il appelle sa sœur. Malgré sa faiblesse, il lui fait mal quand il serre très fort sa main. Il n'en parle jamais mais il a peur de mourir. Si Anna lit la panique sur son visage, elle convoque leurs souvenirs communs comme on tournerait les pages d'un album photo. La baignade du 1er janvier dans les eaux glacées de Coney Island ; les poursuites infernales à ski sur les pentes enneigées de Bolton Valley, dans le Vermont ; ses nuits blanches sur l'île. Alors, il s'apaise. Parfois, il réclame à sa sœur son vieux vinyle, *Kind of Blue*, et plonge dans des pensées insondables. Anna se dit que s'il était mort à la guerre, il se serait éteint sans un mot. Quand elle était infirmière au front, ces morts silencieuses étaient plus insupportables que les autres pour elle. Alors qu'il lui reste encore un tout petit peu de vie dans les veines, Anna se demande à quoi il peut penser quand il écoute Miles Davis, les yeux mi-clos. Elle se repasse le film de sa vie. Le garçon timide, studieux qui obéissait en tout à son père. Une mère vigilante mais sans manifestation d'affection. Les études à Harvard, comme il se devait. Ses fugues sans explication dans le maquis de l'île avant de revenir pile à l'heure de la soupe de poissons à l'hôtel des Arbousiers. Il était rarement joyeux sauf avec sa sœur qu'il chérissait tendrement. Pourtant, il se confiait rarement. Une fois, il lui avait raconté avec enthousiasme son stage parmi les ouvriers des aciéries à Pittsburgh. Il avait découvert une forme de camaraderie rugueuse et franche inconnue dans son milieu. Il aurait voulu continuer de voir couler l'acier mais son père avait sifflé la fin de la partie en le rapatriant au siège de son empire. Anna ne lui a jamais connu de fiancée. Ce n'étaient pas les prétendantes qui manquaient ainsi que les candidates au mariage soigneusement sélectionnées par leur mère. Mais Peter restait imperméable aux tentatives de séduction de ces jeunes femmes. Il pouvait même être désagréable quand elles insistaient. Anna l'avait soupçonné de préférer les hommes mais elle n'avait jamais pu le confirmer.

Quand il disparaissait sur l'île, elle connaissait ses caches secrètes où elle l'avait toujours débusqué rêvassant devant la mer ou plongé dans la lecture d'un livre. Elle avait fini par comprendre que la solitude était son échappatoire pour fuir le monde dans lequel il était né et qu'il détestait. Il était parti à la guerre sans un mot pour ses parents. Il avait longuement enlacé sa sœur qui lui avait parlé de sa volonté de s'engager dans le personnel de santé. Il avait refusé toutes les promotions que lui autorisaient ses diplômes et son rang social. Il voulait être soldat, simple soldat, c'est tout. Il l'avait été au-delà de tous les possibles. Il avait tué avec les armes forgées dans l'acier familial. L'odeur de la chair humaine brûlée s'était incrustée pour toujours dans ses narines durant les attaques au lance-flammes des bunkers japonais sur l'île d'Okinawa. Il était revenu de cet enfer plus silencieux que jamais. Indifférent à tout. Seuls les hurlements de ses cauchemars trahissaient la folie furieuse ancrée en lui et qu'il tentait d'apaiser avec l'alcool et la drogue. Aucune des cures qu'il avait effectuées dans la clinique psychiatrique où Anna avait été internée après la mort de son premier enfant n'était venue à bout de ses addictions. Depuis quarante ans, sa vie avait été une succession de cuites, de shoots, de gueules de bois et de redescentes amères.

Il fait très chaud ce jour d'août où son corps décharné se marbre de bleu. Anna sait que la mort se rapproche. Elle sent son odeur aigre et sucrée dans l'haleine de son frère. Son ventre lui fait atrocement mal. Anna le soulage d'une piqûre de morphine. Il la regarde étrangement.

« Comment il s'appelait, déjà, ton petit garçon mort-né ?

— Jacques. Pourquoi tu me demandes ça ? »

Peter ne répond pas. Il s'est rendormi. Anna est assise au bord de son lit. Elle se demande si elle doit appeler sa mère pour qu'elle vienne à son chevet. Elle croit qu'il va partir ce soir. Sans un mot. Comme quand il partait pour ses nuits blanches. Anna est en colère. Doit-elle faire venir cette femme qui les a mis au monde pour qu'elle assiste au dernier souffle de ce fils à qui elle a manifesté si peu d'amour ? Ou, au contraire, doit-elle la laisser à l'écart de ses derniers instants pour avoir assisté sans broncher au suicide au long cours de son fils ? Anna remplit le gros cendrier en cristal de mégots de Lucky.

Au crépuscule, Peter l'appelle d'une voix étonnamment sereine. « Viens t'asseoir près de moi. » Il lui prend la main et la fixe de ses yeux embués. Il va chercher le peu d'air qu'il lui reste au fond de ses poumons. « Raconte-moi encore une histoire de nos vacances sur l'île. » Anna se force à sourire : « Tu te souviens, j'aimais beaucoup aller me baigner à l'aube à la pointe de la Galère. Il n'y avait personne. Je me baignais nue. Un matin, je t'y ai trouvé assis sur la dalle en train de jouer tout seul aux dames avec des petits cailloux sur un damier peint en blanc sur la roche. Tu avais l'air complètement absorbé. Tu ne m'avais pas vue venir. Tu as sursauté quand j'ai posé la main sur ton épaule. Je n'ai pas osé me déshabiller. Je me suis mise à l'eau avec mon short et ma marinière. Tu m'as demandé si tu pouvais venir te baigner avec moi. Tu as gardé ton caleçon. » Anna caresse les cheveux de son frère.

« Et après ?

— Tu m'as dit “chiche que l'on va jusqu'aux Moines”. On a longé la côte en papotant. De temps en temps, on plongeait pour admirer les étoiles de mer rouges ou un banc de petites dorades. Je t'ai montré un gros rocher dans l'eau d'où était sortie un jour une murène léopard. Tu m'avais dit : “Elle ne t'avait pas mordue ?” Non, je m'étais éloignée pour la laisser tranquille. À l'approche des Moines, tu as décrété : “Le premier arrivé à la crique”. Nous nous sommes lancés dans un crawl endiablé. Tu étais bien plus doué que moi pour cette nage, mais je suis arrivée la première. Avoue, tu m'as laissée gagner ? »

Peter esquisse un sourire las :

« Non, non, ce jour-là, tu as été la plus forte. Et après ?

— Nous sommes rentrés aux Arbousiers où la cuisinière t'avait à la bonne. On avait très faim. Tu as englouti des œufs au bacon tandis que moi je me faisais des tartines de ratatouille froide avec le gros pain du boulanger de l'île.

— Je crois que j'ai encore le goût des navettes dans la bouche », murmure Peter.

Silence. Puis il pointe sa vieille sacoche en cuir d'étudiant posée sur une chaise en entrelaçant les doigts de sa main droite dans ceux de sa sœur : « Tu l'ouvriras quand je serai parti. Il y a des choses pour toi. Tu comprendras. » Alors, il ferme les yeux pour toujours, laissant son souffle s'éteindre doucement autour de minuit.

Anna ne supporte plus cette odeur âcre et sucrée de la mort qui a envahi progressivement son frère lors des dernières heures de son agonie. Elle le frictionne abondamment avec « Pour un homme » de Caron qui était son parfum préféré. Curieusement, elle ne semble pas pressée de connaître le contenu de sa sacoche. Elle la pose sur la table de la cuisine, se prépare un thé au lait, allume une Gitane et ouvre le vieux cartable de cuir patiné. Elle en sort trois enveloppes. Elle écarte la première où Peter a écrit : « À l'attention de mon avocat. » Sur la deuxième, il a inscrit : « Pour Anna. » La troisième tranche avec les deux premières. Elle tremble en caressant une enveloppe noircie où elle n'arrive pas à distinguer l'écriture et l'origine du timbre. Elle choisit d'ouvrir celle qui lui est destinée. De son écriture fine et serrée, Peter a écrit :

« Ma chère sœurette. Quand tu liras ces mots, je ne serai plus. Jusqu'au bout, j'aurai été lâche, incapable de dire la vérité à haute voix. Mais j'ai toujours voulu que tu saches. En 1946, ton enfant n'est pas mort-né. Notre père avait tout organisé

bien avant la césarienne. Il ne voulait pas de Jacques. Il avait prévu qu'il soit placé à la naissance dans une institution religieuse. Il a corrompu des ronds-de-cuir pour lui inventer une histoire d'abandon, un état civil bidon. Pour lui, l'argent achetait tout. »

Anna a la tête qui tourne, son cœur va éclater. Elle court vomir aux toilettes, la bile lui brûle la poitrine. Elle revient pleine de rage et de chagrin.

« *Notre père avait menacé de me couper les vivres si je parlais. Je n'aurais pas pu continuer de m'acheter ma dope. J'étais trop accro.* »

Elle tire violemment sa chevelure rousse :

« *Notre père détournait et brûlait toutes les lettres que vous vous envoyiez, François et toi. Tout le monde était complice. Notre mère, les domestiques, l'avocat de notre père. Tu trouveras la seule lettre que j'ai réussi à sauver du feu. J'espère de tout mon cœur qu'elle t'apportera du bonheur. Je m'en veux tellement d'avoir été si faible. Je te joins une copie de mon testament adressé à mon avocat. Je te lègue tous mes biens pour que tu les distribues à des associations d'anciens combattants que tu dois bien connaître. Je ne veux ni cérémonie familiale, ni enterrement religieux. Juste une crémation. Tu remettras mes cendres à un ancien frère d'armes dont tu trouveras les coordonnées à la fin de cette page. Il doit retourner à Okinawa où il répandra ce qui restera de moi dans l'océan. Il est déjà au courant de mes volontés et il est d'accord. J'aurais fait pareil pour lui. Ouvre la poche sur le devant de ma sacoche et prends ce qu'il y a dedans. »*

Anna en ressort un « *dog tag* », ce bout de métal gravé qui servait à l'identification des soldats américains durant la Seconde Guerre mondiale.

« C'est tout ce qui reste de mon courage. Un jour, peut-être, tu la montreras à tes petits-enfants pour leur raconter nos guerres. »

Chapitre 13

Vermont, été 1986

Anna est assise à l'ombre de l'érable près de la « tombe » de Jacques, cette sépulture vide de défunt mais remplie de mensonges. On l'a privée de son premier cri de nouveau-né, de son petit corps contre elle. De sa première tétée. Depuis des semaines, elle oscille entre révolte et résignation quand elle songe qu'elle a été condamnée à ne pas vivre son amour pour François, sa vie de femme et de mère avec lui. C'était hier, c'était il y a un siècle, comme en témoigne la lettre de François qu'elle ne cesse de relire. Le papier a jauni mais les mots écrits à l'encre noire sont bien là.

« Mardi 1er novembre 1949.

Mon Amour, je t'écris bien au chaud près du poêle que j'ai installé dans notre chez-nous. Les gars de l'île m'ont aidé à le descendre jusqu'ici, ça n'a pas été une mince affaire, il pèse un âne mort mais on ne manquera pas de bois avec tout ce que je vais récupérer quand je défricherai le maquis cet hiver. Madame Claudia, dont je t'ai déjà parlé, m'a offert une magnifique bouilloire en cuivre. Comme ça, j'aurai toujours de l'eau chaude quand il fera froid. Hier, je suis allé donner un coup de main pour nettoyer le cimetière pour la Toussaint. Il est de l'autre côté de l'île. Il regarde en direction de l'Afrique. Il n'y a pas vraiment de tombes mais des croix entourées de cailloux. Cela m'a rappelé quand on enterrait les copains. Avec le Canadien de l'île, on s'est encore raconté nos guerres en désherbant les stèles. C'est surtout lui qui a parlé, il m'a décrit l'assaut sur l'île. Moi, je pensais à celle qui m'a mis au monde. Est-elle encore vivante ou enterrée je ne sais où ? Il n'y a qu'à toi que je peux confier cela car tu es le seul être que j'aie jamais aimé. Tu es la femme de ma vie. »

À ces mots, Anna interrompt sa lecture. « La femme de ma vie » résonne dans sa tête comme l'écho dans la montagne. Si proche, si lointain.

Elle effleure à nouveau la tombe. Elle a fait venir un marbrier pour changer le « Jacques 1945 » en « Jacques né le 19 décembre 1945 ». Elle ne sait plus si elle doit la fleurir. Les fleurs, c'est pour la mémoire des défunts. Alors maintenant, elle pose sur la tombe des petits riens qui pour elle font le lien entre Jacques et son père. Comme ce petit morceau de roche fauve et ces coquillages qu'elle avait rapportés de l'île avant-guerre. Il y a aussi un photophore en forme de lampe-tempête. Toutes les nuits de cet été dans le Vermont, elle vient y allumer une grosse bougie. Elle s'imagine sur la terrasse des Arbousiers. Ils seraient allongés dans l'obscurité à scruter le ciel pour débusquer les étoiles filantes. Elle lui raconterait qu'une nuit avant-guerre, elle s'était endormie sur une chaise longue et qu'elle s'était réveillée au petit matin avec le début du chant des cigales. Ils feraient l'amour sur les tomettes encore chaudes de la canicule de la journée. Après l'orgasme, elle lui demanderait de rester encore en elle et lui caresserait les épaules. Il roulerait une grosse cigarette de tabac brun qu'ils fumeraient ensemble. Elle lui dirait qu'elle n'a pas sommeil. Elle chausserait ses mules Hermès, lui ses espadrilles. Ils monteraient au village par le raidillon bordé d'une avalanche de capucines. Chez le Canadien, elle boirait une citronnade, lui un whisky. Elle parlerait en anglais au Canadien pour asticoter François qui ne comprend rien à cette langue. Il dirait : « Qu'est-ce que vous vous dites ? » Anna et le Canadien répondraient en chœur « Rien, rien » en riant, ce qui aurait le don d'agacer un peu plus François. En vrai, Anna dirait au Canadien à quel point elle a François dans la peau, qu'elle n'en revient toujours pas de leur aventure folle. Ils redescendraient aux Arbousiers en s'arrêtant pour contempler les feux follets de la côte. Elle ôterait ses mules de peur de glisser. Il la porterait en lui donnant de petits baisers. Ils s'endormiraient enlacés.

Anna secoue la tête dans la brise d'été du Vermont. « Tu rêves, ma fille », se dit-elle. « La réalité, c'est que tu es assise sur une tombe vide et que quelque part un homme qui est ton enfant doit certainement faire sa vie. Que sait-il de toi ? Sans doute rien. » Anna cogne le marbre avec ses phalanges jusqu'à les faire saigner. Elle ne supporte pas cette injustice si cruelle. Lui avoir fait croire que son enfant était mort alors qu'il était bien vivant au sortir de son ventre. Cela, elle ne l'accepte pas.

Depuis la révélation de son frère, elle interroge son histoire toutes les nuits. Pelotonnée sur son canapé, elle est assaillie par une avalanche de questions. Comment se peut-il qu'elle soit tombée amoureuse et enceinte d'un homme entre deux trains, en si peu de temps ? Anna ne croit pas à la volonté divine, ni que le destin est écrit d'avance. Alors le hasard ? Mais pourquoi elle ? Pourquoi cette histoire tellement incroyable qu'elle n'arrive à en parler à personne ? Elle bute toutes les nuits sur cette interrogation avec un mélange de rage et de tristesse. Après, elle enchaîne toujours avec le même rituel : imaginer ce que sont devenus Jacques et François. Pour elle, Jacques ne peut être que brun avec des yeux noirs. Comme son père. Ce sont les filles qui sont rousses. Elle sourit à cette idée. À quarante ans, il en impose. Il fait un métier physique comme son père aussi. Pas fermier, non, elle l'imagine travailler le bois. Charpentier, ça lui irait bien. À la fois souple et fort pour monter sur les toits. Il aurait des enfants. Plusieurs. Comme souvent les hommes qui ont grandi sans famille. Il aurait connu très jeune sa femme. Oui, à quinze ans. Elle serait blonde, élancée, avec un caractère bien trempé. « Comme moi », se dit Anna. Elle serait institutrice. Non, plutôt professeure de français, ça la rapprocherait encore plus d'Anna. Ils habiteraient un chalet que Jacques aurait construit de ses mains avec une bande de copains. Il y aurait aussi un poulailler, une écurie avec un cheval et un vaste potager dont Anna s'occuperait.

Anna ricane dans l'obscurité. « Que tu es bête, ma fille, à inventer des histoires pareilles. » Elle s'en veut de sa naïveté mais en même temps, laisser ainsi libre cours à son imagination la rassure, la conforte dans l'idée que Jacques est en vie. S'imaginer l'existence de François est beaucoup plus compliqué et douloureux pour Anna. Parce que même si tout a été fait pour l'éloigner d'elle, il aurait pu traverser l'Atlantique pour tenter de la retrouver. Elle se demande s'il est vraiment allé sur l'île ou bien s'il a continué de barouder, vivant à droite, à gauche, dans des fermes où on l'aurait embauché pour des travaux saisonniers. Il a pu aussi bien rempiler dans l'armée, partir en Indochine, en Algérie. Elle ne le voit pas marié avec des enfants. Non pas qu'elle ne le veuille pas. Mais il y a une petite voix en elle qui lui dit qu'il est seul. Qu'il ne peut en être qu'ainsi à cause du mauvais tour que leur a joué la vie.

Depuis un mois que Peter est mort, Anna se lève du canapé à l'aube, va faire du thé et le boit à la fenêtre en contemplant le ciel. Elle allume une cigarette et là, son cœur bat très fort. Parce qu'elle ne sait pas quoi faire. Doit-elle tenter de retrouver Jacques et François ? Ne serait-ce que pour leur raconter la terrible machination qu'on leur a imposée à eux trois ? Quarante ans après les faits, est-ce qu'il y a encore une place pour des retrouvailles ? Une histoire commune ? Un amour maternel ? Un amour entre une femme et un homme qui se sont follement aimés dans le fracas de la guerre en se jurant de se retrouver ? D'une simple signature sur un chèque, elle peut engager les meilleurs détectives, les avocats les plus chers pour retrouver la trace de Jacques et François. Un jour, elle le veut. Le lendemain, non. C'est un supplice que ses hésitations. Quarante ans ont passé. Elle en veut à la vie d'avoir filé si vite. Elle ne pourra jamais pardonner à ses parents d'avoir ainsi détourné son existence.

Chapitre 14

L'île, novembre 1986

François rit de la gaucherie de Pierre quand il se pique en décalottant les oursins pêchés à la crique des Moines. Il se régale de leur corail étalé sur du vieux pain grillé sur le poêle à bois qui ronfle. Le vin blanc met François en verve. « À cette saison, quand j'étais gamin dans le Morvan, j'avais le droit à un quignon de pain, une poignée de noix ou de châtaignes grillées avant d'aller dormir dans le foin, au-dessus de l'étable, là où il faisait moins froid grâce à la chaleur des bêtes. » Il parle sans se plaindre, comme si tout cela avait été normal. Tout aussi naturellement, il s'imagine à haute voix en train de faire une tartine d'oursins pour Anna. Pendant qu'il parle, Pierre regarde la photo au mur. Depuis qu'il l'a découverte punaisée sur la chaux, il y a quelque chose qui l'intrigue. Mais il ne sait pas quoi. Et ce n'est pas le refrain de François « Elle est belle, hein ? » qui l'éclaire. Pierre ne le contredit jamais quand il part dans ses délires.

Il se tait. Mais ce soir, la deuxième bouteille de blanc aidant, il ose : « Quand je vous regarde tous les deux, on dirait que vous vous êtes toujours connus. »

François fixe Pierre en silence, son couteau dans la main droite, pointé vers le plafond. Ce soir la mer est en colère, elle gronde à la crique des Moines. « C'est drôle que vous disiez ça. C'est exactement ce que j'ai ressenti quand elle m'a regardé pour la première fois sur le quai de la gare. Ses yeux verts sur moi avaient mille ans. La rousseur de ses cheveux était celle des forêts du Morvan en automne. Même son teint m'était familier quand je caressais sa peau. Elle était blanche, douce et tiède comme le lait de la traite. » François s'interrompt quelques instants pour boire une gorgée de vin blanc :

« Vous devez trouver toutes mes comparaisons idiotes, n'est-ce pas ?

— Non, pas du tout, fait Pierre en frottant un croûton de pain avec une gousse d'ail.

— C'est bizarre, on dirait que vous ne jugez jamais les gens, dit François.

— C'est un peu vrai, ce n'est pas mon fort. Cela dit, vous non plus. »

François hausse les épaules : « C'est normal, j'ai presque toujours vécu tout seul. Je ne vais quand même pas juger un caillou, une herbe, un bout de bois. Je ne vais quand même pas gueuler contre la tempête ce soir. Elle a décidé d'être là, elle fait son boulot, un point c'est tout. Pourquoi vous, vous ne jugez pas les autres ? » Le pain grillé craque sous les dents de Pierre :

« Peut-être parce que j'ai été trop jugé moi-même.

— Vous m'en direz tant.

— Joker, sourit Pierre. Un jour peut-être... »

Ils ont fini de dîner. François lave leurs deux assiettes dans une bassine sur l'évier. Il ne jette jamais l'eau de sa vaisselle et de sa toilette. Elle est bien trop précieuse et rare sur cette île. Il se sert des eaux usées pour arroser ses plantations. Avec parcimonie car, d'expérience, il a compris qu'une plante peut se suffire de peu quand elle n'a pas été habituée à l'abondance.

« Je peux vous prendre du tabac ? J'ai oublié mes cigarettes.

— Bien sûr que oui », fait François en leur servant un verre de liqueur de myrte.

Pierre souffle la fumée, songeur, la main sous son menton : « Et pourquoi vous n'êtes jamais allé la chercher, Anna ? » François soupire longuement : « Vous en avez de bonnes, vous. J'aurais pris le bateau ou l'avion. J'aurais débarqué comme une fleur chez elle en lui disant : "Tiens, c'est moi que voilà, mon Amour." Je vous rappelle qu'elle est mariée, qu'elle a au moins une fille, qu'elle est peut-être grand-mère à l'heure actuelle. Et puis... » François ressert un autre verre de myrte, la bouteille va y passer cette nuit.

« Et puis quoi ?, le relance Pierre.

— Elle était trop belle, trop riche pour moi. Comment moi, le garçon de ferme du Morvan, j'aurais pu être à la hauteur d'une fille de milliardaire qui pourrait s'acheter l'île d'un claquement de doigts ? Vous voyez ma façon de vivre, vous croyez qu'elle l'aurait supportée ? »

Pierre le scrute.

« Qu'est-ce qui vous fait dire ça ? Votre histoire, elle est tellement incroyable. Si vous le vouliez, vous pourriez déplacer des montagnes pour la revoir.

— Vous me surestimez.

— Pas du tout. Regardez comment vous faites vivre Anna depuis quarante ans. Il faut être capable d'un amour immense, indestructible.

— Tu parles, ils me prennent tous pour un barjot ici.

— Peut-être, mais vous vous en foutez comme de l'an quarante. »

François sourit :

« Une fois, je me suis forcé à faire comme si elle n'était pas là. Je ne lui parlais plus. Je ne lui faisais plus de soupe de poissons. Je me disais que je dormais tout seul.

— Et alors ?

— J'ai pas tenu deux jours, je devenais fou. »

Pierre se roule une autre cigarette, se lève et se rapproche de la fenêtre :

« Ça drache fort, ce soir.

— Drache ?

— Ça veut dire pleuvoir, dans le Nord.

— C'est bien, ça va remplir les citernes, se réjouit François. Vous savez ce que je fais quand il fait ce temps-là ?

— Non.

— Vous voulez vraiment le savoir ?

— Ben oui.

— Parce que vous risquez d'être choqué.

— Avec vous, rien ne peut me surprendre », réplique Pierre en riant.

François ôte son pull, son pantalon, son caleçon. Il est nu devant Pierre pour le coup médusé par ce corps noueux dont le ventre est barré d'une cicatrice.

« Une bonne douche à l'eau de pluie, ça ne vous dit pas ?

— Euh, mais elle doit être glacée ?

— Vous êtes pas en sucre, le provoque François en s'emparant d'un gros bloc de savon de Marseille et d'un gant de crin avant d'ouvrir la porte. Yallah ! comme disaient les goumiers quand on montait à l'assaut. »

Pierre hésite, ferme machinalement la porte et se déshabille. Quand il se retrouve sous la pluie, il est saisi par le froid accentué par la tempête. François se frotte vigoureusement avec le gant de crin et tend le savon à Pierre qui grelotte. « Commencez par vous frotter les cheveux, vous aurez moins froid. » Le savon pique les yeux de Pierre qui se retrouve aveugle en pleine nuit dans ce bout du monde. Il imite François en s'astiquant avec le gant de crin. Soudain, il n'a plus froid. Il ressent une énergie inconnue au milieu de cette nature battue par le vent et la pluie. François s'étire en prenant appui contre un rocher. « C'est bon pour mon ventre et ma jambe. Faites comme moi, vous verrez après comme vous vous sentirez bien. »

Ils rentrent dans la maisonnette et se serrent contre le poêle. François tend une serviette gaufrée à Pierre pour s'essuyer. « Et vous ? » L'autre se frotte avec son torchon à vaisselle. « Ça ira bien comme ça. » En se rhabillant, François propose un reste de café qu'il fait chauffer sur le poêle.

« Ça doit vous étonner ce que l'on vient de faire ?

— Combien de fois faudra-t-il vous dire que rien ne m'étonne avec vous ?

— Dans le Morvan, on se lavait toujours à l'eau froide. À la pompe, près de l'étable, une toilette de chat l'hiver. Et dès les beaux jours, on se baignait dans les ruisseaux et les étangs. Vous n'allez peut-être pas me croire mais ma première douche chaude, c'était à l'hôpital quand j'ai été blessé en 44.

— Je suis sûr que vous préférez encore une bonne pluie comme ce soir ?

— Ça, c'est sûr. »

François écoute la mer rugir :

« On va avoir de la casse avec les nasses aux Moines.

— On dirait que vous avez toujours vécu ici.

— Peut-être. Dans une autre vie.

— Vous croyez que l'on peut avoir plusieurs vies ? risque Pierre.

— Bien sûr, souffle François. Mais toujours avec Anna. C'était tellement évident quand je l'ai vue sur le quai de la gare qu'on s'était déjà connus dans un autre monde. Et j'espère qu'il y en aura un autre où l'on se retrouvera vraiment. En attendant, je fais comme si. »

Chapitre 15

New York, Noël 1986

Anna décore le sapin de Noël. Tout à l'heure, ses deux petits-enfants vont débarquer et ce sera le charivari au milieu du salon. Emma les a eus de deux pères différents. On devrait plutôt dire de deux géniteurs différents car elle les a quittés quelques mois après la naissance de sa fille et de son garçon. Elle a hérité de sa mère le goût de la liberté, mais n'a pas dû batailler comme elle pour l'arracher au carcan familial. Anna n'a jamais guidé les choix d'Emma. Elle vit à Greenwich Village où elle a fondé une maison d'édition alternative qui connaît des hauts et des bas. Les années de vaches maigres, les dividendes de l'empire familial renflouent les caisses. Le père d'Anna est mort à la fin des années soixante-dix. Sa mère est restée dans leur vaste demeure de New York et vieillit entourée d'une armée de domestiques et d'infirmières. Anna lui rend visite deux ou trois fois par an. À l'heure du thé. Le tic-tac de la pendule du

XVIIIe siècle rythme leurs silences. De toute façon, elles n'ont jamais rien eu à se dire. Enfant, Anna vivait loin de sa mère même quand elle était à deux pas d'elle. Indifférente. Mais depuis qu'elle a appris l'affreuse supercherie sur son François et son Jacques, elle éprouve à son égard un mélange de colère et de mépris. Elle se dit qu'il vaut sans doute mieux qu'elle ne vienne plus la voir, sinon elle finira par lui cracher au visage.

Emma, elle, a toujours eu une certaine complicité avec sa grand-mère qui a accepté de sa petite-fille ce qu'elle n'avait pas toléré de sa fille. Comme si elle voulait se racheter de son échec avec Anna. Un jour, la vieille dame lui a soufflé, alors qu'elles regardaient un album photo :

« Même si on ne sait jamais si on fait pour le mieux avec ses enfants, je me dis que j'aurais dû me comporter autrement avec ta mère. J'ai reproduit la manière dont j'avais été élevée. Je n'ai pas choisi ton grand-père. Il est venu un jour prendre le thé chez mes parents. Il m'a à peine regardée. Mais il m'a demandée en mariage avec un diamant gros comme un bouchon de carafe. J'étais l'héritière d'une grande fortune. C'était comme ça. J'ai toujours pensé que je n'avais jamais eu le choix.

— Mais tu aurais pu l'avoir, grand-mère », avait protesté Emma.

La vieille dame avait souri :

« Tu crois vraiment ? Cite-moi dans notre monde une femme qui a fait autrement.

— Maman. »

La vieille dame avait soupiré :

« Certes, mais nous ne sommes pas de la même génération. Et tu crois que ta mère est vraiment heureuse ?

— Je ne sais pas. Elle est libre en tout cas. »

Emma et sa mère grignotent une part de *pumpkin pie* en buvant du bordeaux. Les enfants sont couchés. Ils ont voulu attendre minuit pour ouvrir leurs cadeaux au pied du sapin. « Maman, tu avais l'air ailleurs, ce soir », dit Emma, la bouche pleine. Anna se baisse pour prendre son verre sur la table basse, boit une gorgée de vin et relève la tête avec un air que sa fille ne lui a jamais connu. Comme si son regard dur allait la transpercer. Anna lâche tout d'une seule salve, comme ces mitrailleuses qui mettaient en bouillie les hommes qui agonisaient sous ses yeux quarante ans plus tôt. Elle raconte sa rencontre avec François, leurs promesses, sa grossesse, l'enfant qu'on lui avait dit mort-né et qu'on lui a volé, la vie comme un tunnel de chagrin, son mariage sans amour mais le bonheur de la naissance d'Emma, son divorce, sa vie bien remplie entre le dispensaire et sa fille. Mais sans « son » François dont elle n'a jamais eu aucune nouvelle. Il n'y a jamais eu d'autre homme aimé. Emma l'écoute les yeux écarquillés, la bouche entrouverte. Elle s'apprête à répondre, mais sa mère la coupe : « Attends, ce n'est pas fini. » Elle lui parle des lettres laissées par son frère Peter à sa mort l'été dernier. Comment elle avait eu l'impression de sauter sur une mine antipersonnel quand elle avait appris le grand mensonge familial sur son enfant mort-né, les lettres qui n'étaient jamais parties, jamais arrivées. Et pourquoi elle ne cesse de penser à ce fils qu'elle n'a jamais vu ni touché. Emma avale d'un trait son verre de bordeaux, s'en ressert un autre et demande :

« Tu lui avais choisi un prénom ?

— Jacques, murmure Anna.

— Mon frère Jacques, souffle Emma. Et François, il était comment ? »

Sa mère se tait un long moment. Elle prend une cigarette, la tripote nerveusement :

« Il dégageait quelque chose que je n'aurais jamais pu imaginer trouver chez un homme.

— C'est-à-dire ?

— Tout de suite, j'ai regardé ses mains. Elles incarnaient la force et la douceur à la fois. Je me souviens de son majeur jauni par le tabac. Il avait des cales sur les paumes. Quand il s'est avancé pour me toucher, je me suis dit que ses caresses allaient être rugueuses. Bien au contraire, on aurait dit de la soie. Jamais un homme ne m'a prise comme lui. Désolée pour ton père.

— Tu n'as pas à t'excuser.

— Et puis il me parlait comme personne ne m'avait jamais parlé.

— Comment ?

— Des mots simples mais si intenses. D'autres garçons m'avaient déjà dit que j'étais belle. Mais pas comme lui.

— Ce n'était pas à cause de la guerre, Maman ? »

Anna éclate de rire :

« Mais sans la guerre, je ne l'aurais jamais rencontré. Tu sais, dans ces moments-là tout est différent, les sentiments, le sexe. Tu couches avec un homme un soir tout en sachant qu'il n'y aura pas de lendemain à espérer. Sauf avec lui.

— Pourquoi ?

— Parce qu'il était différent.

— Différent comment ?

— Il n'était pas là pour "tirer un coup", comme on dit en français.

— Il voulait quoi, alors ?

— S'ouvrir comme il ne l'avait jamais fait.

— À une inconnue, comme ça, un soir ?

— Mais je n'étais pas une inconnue pour lui. Je crois sincèrement que j'étais la femme de sa vie.

— Qu'est-ce que tu en sais ?

— Ça ne s'explique pas, ma fille. C'est comme une révélation. Tu verras, ça t'arrivera peut-être. »

Emma sourit en buvant son bordeaux : « C'est mal parti. Tu vas faire quoi, Maman ? » Anna est passée au bourbon et à la Gitane sans filtre que lui rapporte de France un vieil ami. Elle ôte un brin de tabac sur sa langue : « Je n'en sais fichtrement rien. J'ai l'impression de m'être fait rouler dessus par un Sherman. Je suis en bouillie. J'ai mal partout et en même temps, j'ai des bouffées de bonheur imprévisibles. »

Troisième partie

Chapitre 16

L'île, printemps 1987

François ouvre les grands volets bleus et le vent fait danser les rideaux blancs. Pierre est ébloui par la lumière qui mordore la laque des meubles chinois et les tapis persans en soie. « Voilà, c'est là que Claudia vivait. » François désigne une méridienne grenat : « Je l'ai découverte ici un matin. Le médecin a dit qu'elle était morte dans son sommeil. » Silence. Pierre parcourt les murs couverts de tableaux, de photographies où il reconnaît Joséphine Baker, Maurice Chevalier, Charles Trenet, Georges Moustaki, Simone Signoret et tant d'autres.

« C'est *Paris Match* ici, dit-il.

— Paris quoi ? fait François.

— *Paris Match*, une revue à un milliard de kilomètres de votre vie.

— Si tu le dis… C'est pas tout ça mais j'ai à faire. Ce matin, je vais astiquer les cuivres au Miror et cet après-midi, j'irai tailler dans le jardin.

— Je peux vous aider ? demande Pierre.

— C'est pas de refus, répond François. Tu peux nettoyer la terrasse. Il doit y avoir un paquet de feuilles mortes après la tempête d'hier. Tu sais au moins tenir un manche à balai ? »

Pierre lève les yeux au ciel :

« Pourquoi ? J'ai l'air si manchot que ça ?

— Non, mais t'as pas des mains de tâcheron. »

Pierre découvre une vue à couper le souffle. Ce matin, le bleu de la mer et l'azur du ciel se confondent. L'île est couverte d'un camaïeu de verts moucheté, d'une mosaïque de couleurs des fleurs.

« Tu balaies ou tu rêvasses ? lui lance François.

— Les deux et c'est pas désagréable. C'est donc vrai ce que disent les gens d'ici.

— Ils disent quoi ? grogne François.

— Que vous vivez dans une masure mais que vous êtes le plus riche propriétaire de l'île. »

François part dans un grand éclat de rire en déposant sur la terrasse une assiette de pâté :

« Tout ça, c'est à eux, dit-il en désignant la meute de chats attirés par le festin.

— Ah bon ?

— À la mort de Claudia, j'ai été convoqué par son notaire pour l'ouverture de son testament. Elle n'avait pas d'héritier. Elle me donnait l'usufruit de sa maison, une somme rondelette pour l'entretenir et y vivre si je voulais, à condition de m'occuper de ses chats et de leur descendance. Elle a légué le reste de sa fortune à une maison d'accueil des orphelins. À ma mort, la maison sera vendue au profit d'œuvres caritatives et de la SPA.

— Grande dame, souffle Pierre. D'habitude, les riches ne lèguent qu'aux riches. Et vous n'avez pas songé à vous installer ici ? C'est sacrément beau !

— Oh que non, ce n'est pas mon univers, tout ça. Et puis j'aurais l'impression de faire une infidélité à Anna en quittant Soleil d'Or que j'ai construit de mes mains pour elle et moi.

— Votre Anna, elle aurait sans doute aimé vivre ici…

— C'est vrai que ça doit davantage ressembler aux murs de son monde, dit François, songeur. Comment tu les appelles, déjà, les riches de New York ?

— Les wasps. Cela dit, d'après ce que je vois et ce que vous m'avez raconté, Claudia n'avait rien d'une wasp.

— Pourquoi tu dis ça ?

— Parce que les wasps n'ont jamais fait le trottoir. Et que même si ce sont des langues de pute, ils sont toujours dans le faux-semblant, en public comme en privé.

— Ah ouais, ça, ce n'était pas Claudia. Elle n'avait pas la langue dans sa poche. Elle pouvait causer avec le pêcheur mais envoyer balader les friqués au bord de leur piscine. Tiens, elle n'a jamais voulu de piscine. Pourtant, il y a de la place et il y a même un forage qui pourrait l'alimenter. Elle disait qu'il fallait vraiment être con pour se baigner dans une piscine quand on a la plus belle mer du monde autour de soi. Depuis, chaque fois que le propriétaire d'une villa me demande de lui creuser une piscine, je refuse de le faire. »

À midi, ils se régalent de rougets de roche grillés sur un brasero en terre cuite.

« Tu sais ce que c'est cet engin ? fait François.

— Oui, c'est un kanoun, un brasero marocain, répond machinalement Pierre.

— T'es un drôle toi, tu dis rien mais tu connais tout. D'où ça te vient ? »

Ils ont un peu forcé sur l'absinthe que Claudia faisait venir en contrebande de Suisse. François trouble à peine l'alcool avec un soupçon d'eau. Il fixe Pierre en suçotant une arête. « Depuis que l'on se connaît, tu sais tout sur moi, je ne sais rien de toi. »

Pierre se baisse pour caresser un chat roux allongé à ses pieds qui a l'habitude de traîner sur le port quand les pêcheurs sont de retour. Il se lève, va chercher des glaçons dans la cuisine et se sert une absinthe bien tassée.

« Pourquoi t'es là ? » demande François.

Pierre avale une gorgée d'absinthe.

« Pour raconter l'histoire d'un mec qui parle tout seul à l'amour de sa vie dans une maisonnette au-dessus de la plus belle crique que je connaisse.

— T'es con !

— Non, c'est vrai, je ne vous aurais pas connu, je serais sans doute déjà reparti. C'est tellement incroyable votre histoire que l'on a envie d'en savoir le dénouement.

— Et qui te dit qu'il y aura une fin ?

— C'est pas possible autrement. Sinon, vous ne tiendriez pas ici comme ça depuis aussi longtemps…

— On voit que tu ne t'es pas fait tout seul au fin fond du Morvan. Nom d'une pipe, tu vas bien finir par me dire d'où tu viens ? »

Pierre se balance sur sa chaise avec un air moqueur :

« Moi, je ne me confie pas aux mecs qui parlent tout seul. Des fois qu'ils me voleraient mon histoire. »

François grogne :

« J'ai jamais volé personne. Sauf une fois un sucre d'orge à l'épicerie de mon bled. Je m'en souviens encore, il était rouge et blanc. Allez, soit tu accouches maintenant, soit tu vas te faire foutre et je ne veux plus te croiser aux Moines ou sur la corniche. »

Pierre arrête de se balancer.

« OK, mais une autre absinthe alors.

— Fais gaffe, avec ce cagnard, tu vas être vite torché. »

Pierre avale une longue gorgée, comme s'il prenait son élan pour plonger depuis la grande pierre plate des Moines.

« J'ai débarqué ici après avoir enterré ma mère.

— T'es venu faire ton deuil, comme ils disent ?

— Je ne sais pas ce que ça veut dire, “faire son deuil”. C'est un truc de journaliste quand il y a une catastrophe avec des disparus. Vous l'avez fait, vous, votre deuil ?

— C'est moi qui pose les questions. La suite, s'il te plaît.

— Depuis ma naissance, je n'avais qu'elle. Maintenant, j'apprends ce que c'est d'être seul en première ligne face au destin.

— Je comprends. Mais tu n'es pas seul, regarde, tu bouffes et tu picoles avec moi. Et toi, au moins, tu l'as connue, ta mère.

— Oui. Mais je ne suis pas sûr que c'était une bonne idée...

— Comment tu peux dire ça ? C'est salaud !

— "*Was uns an einem Unglück traurig macht, ist nicht so sehr das Unglück als der Gedanke an diesen und jenen Umstand, der uns, wenn er sich geändert hätte, ihn hätte ersparen können.*" C'est de l'allemand, une citation du philosophe Arthur Schopenhauer.

— J'avais compris que c'était du boche. Et ça veut dire ?

— Ce qui nous chagrine, dans un malheur, ce n'est pas tant le malheur que la pensée de telle ou telle circonstance qui, si elle avait été différente, aurait pu nous l'épargner.

— C'est sacrément tarabiscoté, ton charabia. Quel rapport avec toi ?

— À l'époque où tu as connu Anna, je venais de naître. »

Sans s'en rendre compte, Pierre vient de tutoyer François. Il est trop tard pour faire demi-tour, il est en cordée avec lui. Il se ressert une autre rasade d'absinthe. Il lui faut du carburant pour poursuivre.

« Je suis né d'une mère française et d'un soldat allemand. Je ne l'ai jamais connu, il est mort au front en mars 45. D'ailleurs, qui sait, c'est peut-être toi qui l'as tué.

— Ne dis pas de bêtises. Je suis désolé pour toi. Et après ?

— À la Libération, ma mère a été tondue en place publique. On l'a traitée de "fille à soldat boche". Mais c'était une véritable histoire d'amour entre mon père et elle. Je crois que c'est pour cela qu'elle a voulu que je vive. Pourtant, une "faiseuse d'anges" lui avait proposé de me "faire sauter", comme elle disait, avec ses aiguilles à tricoter dans le ventre de ma mère. Elle en a chié jusqu'à son dernier souffle à porter tout cela.

— Elle n'a pas pu refaire sa vie ?

— Bon Dieu, François, je ne te savais pas aussi rêveur après tout ce que tu as vécu toi aussi. Le droit à l'oubli, ça n'existait que pour les collabos qui avaient des relations, les friqués du marché noir. Il y en a même qui ont fait des affaires avec les Américains après la Libération. »

Pierre serre les dents pour contenir sa colère.

« On vivait dans une cité d'urgence. Personne ne voulait nous louer un appartement décent. À l'usine, ma mère faisait les plus sales boulots. Tout cela se passait en silence. La mauvaise réputation, les gens la chuchotaient dans son dos. Putain, tu te rends compte, de Gaulle et Adenauer avaient déjà scellé la réconciliation entre la France et l'Allemagne que l'on me faisait encore bouffer ma merde de petit boche. En sixième, le professeur principal a eu un sourire en coin quand j'ai choisi allemand première langue.

J'ai passé mon enfance à défier ceux qui me rejetaient. Pour honorer la mémoire de mon père dont ma mère disait que c'était le plus délicieux des hommes. Quand j'ai voulu aller à ma première boum, on m'a jeté dehors en me traitant de "sale schleu". J'ai fait le coup de poing. Ils se sont tous mis sur moi, j'ai pris une sacrée raclée mais j'étais fier.

— Et après ?

— J'ai étudié l'allemand et l'anglais à la fac grâce à ma bourse et à des petits boulots. Le service militaire en Allemagne. Évidemment. Je faisais office d'interprète et de traducteur. Et puis, j'en ai fait mon métier.

— Tu es resté en France ?

— Non. J'étais indépendant, je bourlinguais et je travaillais beaucoup. Quand je n'étais pas en mission, je rentrais chez ma mère. Je nous avais acheté un pavillon avec un jardin. Je le bêchais tous les printemps. Elle adorait s'occuper de ses fleurs. Les hortensias, bleus surtout. J'espère avoir mis un peu de baume dans sa vieillesse.

— Et toi, tu ne faisais pas ta vie pendant ce temps-là ? Les femmes ? »

Pierre sourit :

« Jamais rien de bien sérieux. Je n'y arrivais pas. Si j'avais épousé une femme, fondé une famille, j'aurais eu l'impression de trahir ma mère. Je n'ai jamais pu couper le cordon de malheur et d'amour qui nous unissait. Ma mère, c'était la femme de ma vie, tu vois ce que je veux dire ? »

Silence. François se racle la gorge.

« Moi, je l'ai rêvée et je la rêve toujours, la femme de ma vie.

— T'aurais préféré t'emmerder à cent sous de l'heure avec une bourgeoise que tu n'aurais pas aimée ?

— D'abord, ça n'aurait pas été une bourgeoise. J'ai besoin du statut de personne dans la vie de tous les jours. Sauf d'aimer l'aimer.

— Alors comme ça, tu crois que l'on peut vivre pleinement un rêve qui ne s'est pas réalisé ? Mais c'est pas tenable dans la durée. Il y a forcément un moment où l'on cherche, où l'on retrouve quelqu'un avec qui refaire sa vie. »

François sourit en roulant une cigarette :

« Tu sais ce que l'on dit : mieux vaut être seul que mal accompagné. Et puis regarde ta mère.

— C'est pas pareil », souffle Pierre en débarrassant la table.

Il est vidé de s'être ainsi livré, assommé par l'absinthe. Machinalement, il dit :

« Elle est enterrée où, Claudia ? »

François désigne la crique des Moines :

« Elle a voulu que l'on répande ses cendres là-bas. Dans la mer.

— Tu l'as fait ?

— Ouais, avec le Zodiac du Canadien. Après, on s'est pris une murge d'enfer.

— Et toi, tu voudrais être enterré où ? » ose Pierre.

François l'observe d'un air surpris :

« Tu me mets déjà dans la tombe ?

— Non, non, mais ça dit des choses, là où on veut être pour l'éternité quand on est né nulle part. »

François acquiesce :

« Dans la terre rouge du maquis. Ce sera pas facile avec les rochers. Mais il y aura bien deux ou trois pékins pour le faire avec la pelle et la barre à mine. Et puis je veux être à poil dans un drap blanc, comme mes potes goumiers morts dans les Vosges. »

Chapitre 17

New York, printemps 1987

« Je pourrais te demander tous les pardons du monde que tu ne comprendrais pas mon attitude. » Enveloppée dans un plaid en cachemire, la grand-mère d'Emma est installée sur sa bergère préférée, près de la fenêtre derrière laquelle un imposant lilas blanc fleurit. La vieille femme fixe les fleurs avec une infinie tristesse. Assise à ses pieds, Emma lui tient la main. Elle vient de lire la lettre qu'Anna a adressée à sa mère quand elle a appris la vérité à la mort de Peter. Elle lui écrivait :

> *« Je viendrai à l'enterrement de mon frère mais c'est la dernière fois que tu me verras. Quand tu rejoindras mon père dans le caveau familial, je vous jetterai une dernière poignée de haine. »*

« Même s'ils me ravagent, je comprends et j'accepte les mots de ta mère, soupire la grand-mère d'Emma.

— Elle ne te dirait peut-être pas la même chose aujourd'hui. Tu connais Maman. Ses mots dépassent parfois sa pensée et souvent elle rumine après.

— C'est horrible, ce qui s'est passé à la naissance de cet enfant. Le pire, c'est que j'ai été impuissante à m'y opposer. »

Elle fond en larmes.

« J'ai toujours été incapable de dire non. Aussi loin que je me souvienne, j'ai toujours tout accepté.

— Tu sais pourquoi, grand-mère ?

— J'ai toujours eu peur d'être rejetée. Ma mère ne m'aimait pas, ça, je le sais depuis mon enfance. Quatre-vingts ans plus tard, je garde en tête la même scène. Ma mère se prépare pour une soirée devant un immense miroir. Elle n'a pas un regard, pas un mot pour moi. Elle parle à ma nounou comme si j'étais dans une autre pièce : "Vous n'oublierez pas de lui donner son sirop contre la toux avant de la coucher." Mon père passe, il me caresse les cheveux et dépose un bref baiser sur ma joue. Il est tendre avec moi. Mais c'est toujours en coup de vent. J'ai envie de lui demander des choses pour l'entendre me dire "oui". Mais il ne m'en laisse jamais le temps. Il fuit la maison. Les affaires, certes, mais pas seulement. Il sait que ma mère ne l'aime pas et ça le ravage. Elle l'a épousé pour sa fortune. Elle est volage. Il en est conscient mais n'en dira jamais rien. Comme elle ne manifeste aucune réaction quand il rentre saoul de son club de gentlemen et fait chambre à part.

— Pourquoi tu as épousé Grand-père ?

— Parce que je n'ai jamais su dire non, ma chérie, lance la vieille femme dans un rire amer. C'est ma mère qui avait tout manigancé. C'était déjà une histoire de mariage arrangé entre grandes fortunes.

— Mais tu l'aimais, Grand-père ?

— Au début, j'avais l'impression d'arriver à l'aimer. Mais pour lui, je n'étais qu'un ventre qu'il fallait remplir pour faire grossir "l'empire". Quand il a su que j'étais enceinte de ton oncle Peter, s'il avait pu, il aurait fait tirer un feu d'artifice au-dessus de New York. Il l'avait enfin, son "mâle". Quand ta mère est née, il était en voyage en Europe. Je lui ai fait envoyer un télégramme qu'il a dû lire machinalement, comme les documents de son parapheur. Très tôt, ta mère a compris que j'avais passé ma vie à dire "oui" en étant lâche. Elle me l'a beaucoup reproché. Elle me disait qu'avec moi, les femmes resteraient cantonnées à leur rôle d'utérus pour les dynasties wasps, à qui on offre un vison ou un bijou de chez Tiffany comme on donne un os à son chien. Moi, je n'arrivais pas à lui répondre tellement je me sentais coupable de cette vie que j'avais subie. Pour ton grand-père, ta mère n'était qu'une tête de linotte avec ses caprices rebelles de gosse de riche qui lisait ce qu'il pensait être "des romans à l'eau de rose" français. Il n'en avait que pour ton oncle Peter. Il savait à peine marcher qu'il le faisait parader devant le conseil d'administration. Il était l'enfant modèle, l'élève toujours au sommet du tableau d'honneur. Pas une fois je ne l'ai gourmandé. Il était aussi parfait que ta mère était turbulente.

Quand il a été diplômé d'Harvard, ton grand-père l'a installé dans le bureau voisin du sien. La seule fois où je lui ai rendu visite, son attitude m'a beaucoup intriguée. Il a fait mine de s'asseoir à son bureau à plusieurs reprises sans y arriver. Lui qui était d'habitude si mesuré dans ses gestes se montrait soudain maladroit. Il m'a pris le bras et m'a amenée devant la fenêtre, tout en haut du gratte-ciel. Il m'a dit : "C'est beau, n'est-ce pas ?" Forcément, j'ai répondu "oui" en le regardant. Il avait l'air si triste. Quand il est parti à la guerre, ton grand-père s'est arrangé pour qu'il soit affecté à l'état-major, à l'écart des combats. Mais un jour, une lettre est arrivée : Peter s'était porté volontaire pour rejoindre le front dans le Pacifique. C'est la seule fois où j'ai vu une ombre d'inquiétude sur le visage de ton grand-père. Mais je ne sais pas si, à ce moment-là, il se souciait de la survie de son fils ou de l'emprise qu'il n'avait plus sur lui. Peter n'écrivait plus. Nous avions des nouvelles par les relations de ton grand-père dans la haute hiérarchie militaire. On disait qu'il se battait comme un lion mais qu'il était ingérable tant il contournait les ordres. À son retour de la guerre, il s'est écarté quand j'ai voulu le prendre dans mes bras. Il m'a à peine embrassée. Il était maigre comme un clou, il avait les yeux brillants, les joues creuses. Sitôt arrivé, il a disparu trois jours en prétextant qu'il allait fêter la victoire avec ses frères d'armes. On a fini par le retrouver à l'hôpital en plein coma éthylique. Les médecins nous ont pris à part. Il n'y avait pas que l'alcool, il y avait aussi la drogue. Tu connais ton grand-père. Surtout, que cela ne se sache pas. Il l'a fait interner dans la clinique où ta mère est allée après sa césarienne. Quand j'allais le voir, j'avais l'impression de pénétrer dans une prison. Toutes les portes étaient fermées à clé et puis il y avait les hurlements, les cris désespérés des malades. Ton oncle, lui, était prostré dans un fauteuil. Il ne répondait à aucune de mes questions. Il ne m'a parlé qu'une fois. On l'avait attaché dans son lit. Il m'a dit : "Jamais je ne vivrai comme vous. Ton mari va devoir se trouver un autre successeur. Je ne ferai pas de vagues à condition qu'il me laisse vivre comme je l'entends." "Et moi ?" j'ai demandé. "Toi, tu continueras de subir, tu n'auras jamais le courage de le quitter. Tu tiens bien trop à ta richesse, à ton confort. En revanche, je suis convaincu qu'Anna ne voudra pas de ta vie." Je me souviens d'avoir longuement pleuré dans le couloir jusqu'à l'arrivée du médecin. Il a haussé les épaules quand je lui ai demandé ce que Peter allait devenir. Il m'a fait asseoir dans son bureau, a allumé un cigare et a fumé un moment, songeur, avant de me fixer froidement : "Madame, votre fils ne sera plus jamais le même. Ce n'est pas qu'une question de drogue et d'alcool. La guerre l'a changé et on ne peut rien contre ça. Une cure psychanalytique peut l'aider à vivre avec ses démons à condition qu'il l'accepte et dans son cas, cela m'étonnerait fort. Mais nous ne pouvons le garder ici éternellement. L'armée a des centres pour les patients comme lui. Il sera bien pris en charge et, avec un peu de chance, il ne retombera pas dans ses addictions. Du moins pas tout de suite." Ton grand-père a d'emblée refusé l'idée d'un séjour dans une institution militaire car il craignait que l'affaire ne s'ébruite et n'entache sa réputation. Et c'est là que j'ai découvert ce qu'il y avait d'abject chez ton grand-père. Il a passé un marché avec Peter : peu importait comment il vivrait, à condition qu'il se fasse oublier du monde, qu'il taise son nom et ses origines. Il aurait un appartement, de l'argent et des gens qui veilleraient sur lui. Peter a eu un rire cynique : "Ils me fourniront même en came ?" Ton grand-père a répondu laconiquement : "Ce n'est pas mon problème. Ils géreront." Il avait tout le monde à sa botte : ses hommes soudoyaient les policiers quand ils le ramassaient ivre mort dans la rue. Les tenanciers de boîtes de nuit et de bars que fréquentait Peter lui faisaient régulièrement un rapport. Un jour où ton oncle s'est retrouvé mêlé à une histoire de drogue, il a fait retirer l'article d'un journal à scandale. Il y avait toujours un détective qui pistait Peter », soupire la vieille dame.

Emma contemple le lilas blanc et se souvient d'une partie de croquet avec son oncle dans le jardin. Cela devait être en cette saison. Il avait l'air heureux. Un peu.

« Je ne suis pas là pour te juger, grand-mère. Je sais à quel point mon grand-père était un tyran. Ce que je veux que tu me dises, c'est ce que tu sais de ce qui s'est passé après l'enlèvement de mon frère. »

Silence. La vieille dame se tortille les doigts :

« Ton "frère", comme tu dis, a passé toute son enfance dans un pensionnat religieux. Tous les ans, ton grand-père signait un gros chèque qui garantissait le maintien du secret. Son avocat allait le remettre lui-même à la mère supérieure. Je l'ai interrogé quand ton grand-père est mort. Il m'a dit qu'il avait aperçu deux ou trois fois un petit garçon brun qui jouait dans la cour. D'après ce que lui disait la religieuse, il était gentil mais turbulent, il avait de la suite dans les idées. À dix-huit ans, il a quitté le pensionnat et s'est engagé dans les Marines. Il s'appellerait Jack Davis. Voilà, c'est tout ce que l'avocat avait pu me dire. »

Chapitre 18

L'île, été 1987

Pierre passe beaucoup de temps aux Moines car il n'aime pas la foule de l'île en cette saison. Il a toujours été solitaire. Bien malgré lui, enfant, quand on le traitait de « petit boche ». Il n'était d'aucun match de foot à la récréation, ni invité à aucun anniversaire. Peu à peu, la douleur du rejet s'était transformée en carapace. À la fac où l'on ignorait tout de lui, il n'avait pas cherché à se rapprocher des autres étudiants. Il squattait les fonds d'amphi et les places isolées au restaurant universitaire. Dès qu'il montait dans un avion ou dans un train, il fermait les yeux pour éviter tout contact avec son voisin ou sa voisine. Il aimait le vide lugubre des hôtels Intourist quand il partait en mission dans les pays du bloc de l'Est.

Depuis bientôt deux ans maintenant, il se shoote à la solitude de l'île. Sauf l'été, quand il croise des hordes de vacanciers en paréo. « Fais gaffe, la solitude, c'est une satanée drogue. Remarque, toi et moi, on est un peu nés avec », lui avait dit François. Depuis qu'il s'est confié à lui après leur mémorable cuite à l'absinthe et qu'il le tutoie, ils sont comme deux particules de mica enchâssées dans la roche fauve de l'île. Il faudrait leur planter un burin dans le cœur pour les séparer. Bien sûr, les chaînes du passé sont toujours là pour Pierre, mais elles ne sont plus aussi douloureuses qu'avant. C'est parce que François ne l'a pas jugé quand il lui a raconté sa vie. Ils ont déballé chacun le sac de leur destin sans craindre le regard de l'autre. Né de l'inconnu, François a toujours pensé qu'il n'avait rien à perdre lorsqu'il prenait une décision. Au front, ses frères d'armes y voyaient du courage. Pour lui, c'était juste la liberté de celui qui n'a rien. Né d'un péché aux yeux de l'histoire, Pierre avait grandi avec une culpabilité qui lui interdisait tout plaisir, tout désir. Il avait fallu la rencontre avec François pour qu'il accepte enfin d'arracher cette tumeur lors de leur conversation sur la terrasse de Claudia. Aujourd'hui, il se surprend à être heureux, à s'autoriser ce qu'il aurait considéré autrefois comme une folie.

Il a acheté un pointu d'occasion à un vieux pêcheur. Avec François, ils partent en mer à l'aube et ne rentrent parfois qu'au crépuscule. Dans la journée, ils rejoignent un îlot désert où ils cassent la croûte et font la sieste. Ils peuvent rester de longs moments sans se dire un mot. Quand Pierre se met à l'eau et nage, François l'observe. Depuis que Pierre vit ici, à part avec les Canadiens et lui, il ne s'est pas lié au reste de la population de l'île. On ne le voit jamais aux apéros de l'hiver quand les habitants montent acheter un paquet de café ou de pâtes à l'épicerie. Pourtant, il s'est fondu dans ce gros rocher fauve plongeant dans la mer, en connaît désormais toutes les plantes, tous les animaux. Mais ce qui intrigue le plus François, c'est l'évidence de leur complicité, ces instants où, après un long silence, ils reprennent langue avec la même pensée en tête. Une nuit, François a rêvé que Pierre était leur fils, à Anna et à lui. Ils l'auraient conçu sur la grande pierre plate des Moines, une fin d'été, quand les touristes seraient repartis. Il a senti une grosse boule d'émotion dans sa gorge en se souvenant de leurs deux corps enlacés dans la paille, une nuit d'hiver et de guerre. Il n'avait pas pu se rendormir. Il s'était levé pour fumer, adossé à son bigaradier, en regardant la pleine lune argenter la mer.

Pierre sort de l'eau et s'assied à côté de François. Il a l'air hésitant :

« Tu sais, je t'ai déjà parlé de mon ami journaliste américain.

— Ouais, fait François. Celui avec qui tu as rencontré un ancien SS pour faire la traduction.

— Oui. Mais pas que. Je lui ai écrit.

— Tu me l'as déjà dit.

— Oui, mais cette fois, ce n'est pas pareil.

— Comment ça ?

— Je lui ai demandé de retrouver la trace d'Anna.

— Hein ?

— Ça n'a pas été très compliqué. Même si elle vit à l'écart de sa famille, le nom de sa dynastie parle aux Américains. Elle habite à New York, elle est toujours infirmière. Elle s'est mariée à la fin des années quarante. Mais ça n'a pas duré longtemps. Cinq ans peut-être. Le temps d'avoir une fille et de demander le divorce. D'après mon contact, elle vit seule, voit beaucoup sa fille et ses petits-enfants. »

François se tord les mains et serre les dents. Il se lève :

« De quel droit t'as fait ça ? qu'il gronde.

— Du droit que je te vois vivre depuis deux ans avec le souvenir d'une femme qui, quelque part, peut-être, t'attend depuis quarante ans. »

François se rapproche, menaçant :

« Mais qu'est-ce que tu en sais, trou du cul ? Ton journaliste, il a parlé à Anna ?

— Non.

— Qui te dit alors que tout ça, c'est pas des raclures de chiottes ? Chez ceux de la haute, ça jase toujours. Ils n'ont que ça à faire. Dire des conneries. C'était déjà comme ça dans mon bled du Morvan.

— Ma source est sûre.

— Mais qu'est-ce que tu en sais que ta source est sûre ? Moi, je suis comme saint Thomas. Je ne crois que ce que je vois. Et puis, je ne t'ai jamais rien demandé. Qu'est-ce que j'ai été con de te laisser me reluquer comme un chasseur à l'affût ! Tu m'as volé ma vie, connard.

— Je croyais bien faire.

— Bien faire, bien faire ! éructe François en saisissant Pierre par le cou. Tu vois, espèce de sous-merde, là, je pourrais t'étrangler et te foutre à la baille. Ni vu, ni connu. Je ne le ferai pas. Parce que quelque part, on est taillés dans la même souche. Celle des chiens perdus. Toi encore, t'avais un collier et l'amour de ta mère. Mais pour le reste, on est pareils, on s'est fait botter le cul par le monde entier. Pourquoi crois-tu que depuis quarante ans, je parle à une invisible ? Parce que c'est le seul être qui m'a convaincu qu'on pouvait m'aimer. Alors, j'en ai rien à battre que l'on me prenne pour un vieux fou qui radote tout seul devant la mer. Même si je n'ai fait l'amour qu'une fois en disant “Je crois que je t'aime”, ça vaut tout l'or du monde pour un gars comme moi.

— Je te demande pardon, s'étrangle Pierre.

— Va te faire foutre avec ton pardon. Allez, on rentre. J'ai besoin d'être seul. »

Chapitre 19

New York, automne 1987

Emma est assise dans la salle d'attente du ministère des Anciens Combattants. Elle n'en peut plus d'attendre, elle a l'impression qu'elle poirote depuis des heures alors qu'elle est arrivée depuis à peine une demi-heure. Elle relit les questions qu'elle a notées dans un petit carnet bleu spécialement dédié à son frère. Où vit-il ? Que fait-il ? A-t-il fondé une famille ? Elle n'a rédigé qu'une question sur son engagement au Vietnam. À vrai dire, elle n'est pas à l'aise avec cette guerre contre laquelle elle a milité quand elle avait vingt ans. Avec sa mère, le sujet n'est pas tabou, mais Anna ne s'est jamais étalée sur son passé durant la Seconde Guerre mondiale. Tout comme elle ne parle jamais des vétérans qu'elle soigne, ni des plaies dans la chair et dans l'âme de ces hommes qui vivent dans la rue, se piquent à l'héroïne. Emma est à l'image de cette Amérique mal à l'aise avec ces hommes cassés de partout. Mais elle a compris qu'à dix-neuf ans, même avec un fusil entre les mains, on n'est pas responsable d'une boucherie aussi inutile que sanglante. Un jour, sa mère lui a traduit une citation de l'écrivain français Paul Valéry : « La guerre, un massacre de gens qui ne se connaissent pas, au profit de gens qui se connaissent mais ne se massacrent pas. »

La porte capitonnée s'ouvre sur un petit homme chauve en costume de velours brun qui a tout d'un rat de bibliothèque. Il pose ses deux mains sur une chemise cartonnée comme s'il craignait qu'Emma ne se précipite dessus. Il se racle la gorge : « Vous cherchez des renseignements sur un certain Jack Davis ? » Emma hoche nerveusement la tête.

« Il est qui, pour vous ?

— Mon frère. »

Silence. L'homme la dévisage, impavide : « Pourtant, vous n'avez pas le même nom. Le vôtre évoque une grande famille de la sidérurgie américaine, pas celui d'un soldat. » Emma soupire : « Pourtant, je vous l'assure, c'est mon frère. C'est une histoire incroyable qui fait que je suis aujourd'hui devant vous. » Le petit homme appuie ses coudes sur le dossier, les mains croisées sous le menton. « Alors, vous allez me la raconter ? » Emma s'insurge :

« Mais c'est intime !

— Et ce que vous demandez au ministère des Anciens Combattants ne relève-t-il pas du destin privé d'un homme ?

— Mais puisque je vous dis que c'est mon frère !

— Et si c'était un amant qui vous avait éconduite et que vous recherchiez désespérément ? »

Emma bout mais elle ne doit pas le montrer à ce fonctionnaire zélé. Elle fouille dans son sac à main et sort une photo de son agenda. On y voit un homme en short kaki posé sur une plage avec un sourire un peu triste : « Vous voyez cet homme ? C'était mon oncle Peter, il s'est battu dans le Pacifique pendant quatre ans. Il en est mort, hanté par ce qu'il avait vécu. » Emma sort une autre photo : « Elle, c'est ma mère, durant l'hiver 1944-1945. Elle était infirmière sur le front en Alsace. Aujourd'hui encore, elle soigne les vétérans, les paumés de toutes ces guerres. Alors oui, ma famille aurait pu éviter à mon frère le baptême du feu car la Nation lui était reconnaissante de son effort pour fournir toujours plus d'acier pour les canons et les chars. On aurait signé des chèques pour les associations d'anciens combattants, participé à des galas de charité pour se donner bonne conscience et se faire bien voir. Alors si vous refusez de croire que Jack Davis puisse être mon frère, c'est que vous ne connaissez rien à tous ces destins que la guerre a bouleversés. » Le petit homme se lève d'un air las et va se poster devant une fenêtre. Les secondes sont une éternité pour Emma. « Mademoiselle, vous avez déjà vu votre meilleur ami sauter sur une mine à fragmentation dans la jungle vietnamienne ? Moi oui. On avait vingt ans tous les deux. On était inséparables au combat comme au repos. Après ça, j'ai compris que je serais capable de tout entendre si cela pouvait servir mes anciens frères d'armes. C'est pour cela que je suis dans ce bureau. Si Jack Davis est vraiment votre frère, il est toujours d'active dans l'armée, sergent instructeur au camp Pendleton, en Californie. » Emma s'empresse de noter dans son petit carnet bleu. « Voilà, c'est tout ce que je peux vous dire. Au revoir, mademoiselle. »

La main d'Anna tremble légèrement quand elle ouvre le carnet. Elle lit les maigres notes de sa fille. Puis elle le pose sur la table du salon, allume une Lucky et fume en tournant la tête vers la grande baie vitrée. La fumée de sa cigarette enveloppe ses cheveux roux. Elle murmure : « Quel gâchis. » Emma est tétanisée par les mots de sa mère. Un long silence s'installe entre les deux femmes. Emma décide enfin de se lancer : « Pourquoi "quel gâchis", Maman ? » Anna se retourne sur elle, le regard dur :

« Parce qu'il est trop tard, ma fille.

— Trop tard pour quoi, Maman ?

— Pour exhumer toute cette histoire. Cet homme a fait sa vie, ce n'est pas à nous de la bouleverser. »

Anna s'interrompt brièvement en soupirant : « Comme son père a dû faire la sienne. Il n'y a que dans *L'Odyssée* que la fidélité d'Ulysse et de Pénélope est à toute épreuve. On n'est pas dans la mythologie de l'amour, on est dans le réel. » Emma est horrifiée par les propos de sa mère : « Comment peux-tu parler de ton fils en disant "cet homme" ? Déjà, il a un prénom et un nom : Jack Davis. Ensuite, sauf preuve du contraire, tu l'as porté et mis au monde. Dans des conditions inimaginables, d'accord. Mais c'est ton enfant biologique. »

Anna se lève, se tortille les doigts derrière son dos en faisant le tour du salon et se campe devant sa fille : « J'ai conçu cet enfant pendant la guerre, à une époque où l'on pouvait faire l'amour un jour avec un inconnu et se faire tuer le lendemain. Tout était outrancier, la vie, la mort, les gestes, les désirs. Quand tu risques en permanence ta peau, il n'y a pas de place pour l'avenir. Ce sont des plans sur la comète, le temps d'un bivouac, d'une cuite. Une heure plus tard, tu peux avoir sauté sur une mine, pris une balle en plein cœur. Adieu la belle vie. Tu ne seras plus qu'une croix blanche parmi des milliers dans un cimetière militaire en Normandie ou en Alsace.

— Mais François et toi, vous vous êtes juré de vous retrouver ?

— J'avais vingt ans et lui guère plus. Même si la guerre nous avait fait vieillir d'un siècle, on avait soif de sentiments, on avait besoin de croire en un amour pour oublier durant quelques heures toute cette boucherie.

— Tu veux dire que tout cela n'était qu'illusion ? risque Emma.

— Je n'ai pas dit cela. Je crois que cette nuit de 1944, nous nous sommes rêvé un avenir à deux. Les sentiments étaient là, mais quand on est plongés dans la plus monstrueuse guerre de tous les temps, il ne suffit pas de s'aimer pour construire une existence ensemble.

Et inversement, il ne suffit pas de construire quelque chose ensemble pour s'aimer. Regarde-nous, ton père et moi. Nous avions tout pour incarner le couple parfait. Nous pouvions nous offrir tout ce que nous voulions. Sauf que tu le sais, je ne l'aimais pas. Il avait beau être gentil, prévenant, généreux, je n'avais pas une once d'amour pour lui. Tout juste des bouffées d'affection. Et encore, c'était parce qu'il m'avait permis de te mettre au monde. Il faut être deux pour s'aimer, ma fille, sinon tu pisses dans un violon.

— Mais il n'est pas trop tard…

— Toi et moi, on ne se comprend pas. Sers-moi un verre de sancerre blanc. »

Emma débouche la bouteille en observant à la dérobée sa mère qui fume nerveusement. Elle s'assoit à côté d'elle sur le canapé et lui tend son verre. Anna boit une gorgée, puis reprend :

« J'ai vécu les mensonges et les magouilles de ton grand-père, les silences de ta grand-mère et de ton oncle jusqu'à sa mort, mais que faire de tout ce bordel aujourd'hui ? Je n'ai pas la réponse. Depuis la mort de Peter, je cherche. Pourquoi crois-tu que je prends toutes les gardes de nuit au dispensaire ? Parce que depuis un an, je gamberge. Tu voudrais quoi ? Que j'aille voir cet homme, que je lui dise "Bonjour Jack, je suis ta mère, je n'ai jamais voulu t'abandonner, je te croyais mort-né" ? Je n'ai pas le droit de venir chambouler sa vie.

— Mais il y a peut-être une autre manière de dire les choses ? bredouille Emma.

— Non, la vérité, c'est comme un coup de bistouri, ça fait saigner. Et moi je ne veux pas risquer de faire du mal à cet homme car je ne sais pas ce qu'il sait de ses origines. Je ne sais pas à quel point il a pu souffrir d'être seul au monde, je ne sais pas comment il s'est construit. Je ne veux pas réveiller des traumatismes. Tu sais, dans mon boulot, j'ai connu des orphelins qui, à l'âge adulte, n'ont jamais voulu rechercher leur mère ou leur père biologiques. Ils se sont construits en passant de la colère à l'acceptation. S'il avait voulu me retrouver, il l'aurait déjà fait.

— Qu'en sais-tu ? » s'énerve Emma en se levant du canapé et en rangeant son carnet bleu dans son sac. C'est elle qui enrage maintenant : « Tu vis comme une statue sculptée dans le souvenir d'une nuit depuis quarante ans. Maintenant que tu sais la vérité, tu refuses de l'assumer, d'avancer et qui sait, d'être enfin heureuse ? Moi, je ne suis pas comme toi. Je vais chercher cet homme qui est mon frère. Après, on verra bien. »

Chapitre 20

L'île, automne 1987

Depuis que Pierre lui a dit ce qu'Anna était devenue, François affronte une violente tempête intérieure. Ballotté par des sentiments qui peuvent varier en quelques secondes. Il est submergé par des vagues de haine quand il se convainc qu'elle n'avait jamais eu l'intention de le retrouver sur cette île, qu'il n'avait été pour elle qu'un coup d'une nuit, qu'elle savait déjà alors qu'elle était dans ses bras qu'elle rentrerait en Amérique pour reprendre son existence dorée et épouser un homme de son rang. Oui, elle savait tout ça, et il enrage en regardant leur vieille photo. Plusieurs fois, il a failli la déchirer et la brûler. Il ne parle plus au cliché sépia qui n'était que le témoin des illusions, des mensonges. « Qu'est-ce que j'ai pu être con ! » répète-t-il. Mais il suffit parfois qu'il s'attarde sur les yeux et le sourire d'Anna pour passer de la colère à la douceur, à la tendresse. Oui, elle s'est mariée, oui, elle a eu un enfant, mais elle a divorcé et mène sa barque seule depuis longtemps. Peut-être l'a-t-on forcée à épouser un homme qu'elle n'aimait pas, que tout avait été arrangé par sa famille pendant qu'elle était en France. Il avait été témoin de telles histoires dans le Morvan. La fille du maquignon épousait le fils du boucher, les affaires n'en étaient que meilleures pour leurs deux familles. On ne se mariait pas par amour, mais pour de la terre, pour agrandir un domaine avec quelques hectares de l'un des deux époux. Il avait connu aussi les mariages résignés après la Première Guerre mondiale, quand la veuve d'un poilu tué épousait le frère de ce dernier. En revanche, on ne parlait jamais de mariage parmi « les petits Paris ». Qui aurait voulu de ces « fils de rien » dans cette campagne où le bas de laine était plus important que les élans du cœur ? François en avait connu, de ces garçons de ferme seuls toute une vie que l'on jetait à l'hospice quand, épuisés par une existence de dur labeur, ils étaient devenus inutiles au cul des vaches ou derrière la charrue. « Trop belle, trop riche pour toi, elle est promise au fils Machin... » Combien de fois François avait-il entendu cette antienne quand ils se retrouvaient entre jeunes autour d'un feu à griller des marrons ou à rôtir des pommes de terre sous la cendre.

« Trop belle, trop riche pour moi », se répète François en contemplant la petite photo. « Et puis les chats ne font pas des chiens », qu'il dit aussi. Passé la nouveauté, elle se serait lassée de cette vie simple à Soleil d'Or qui ressemble aujourd'hui à un cabanon face aux villas de nababs qui se multiplient. Qui sait, elle serait peut-être partie avec l'un de leurs riches propriétaires qui font la navette entre l'île et les palaces de la côte sur leur Riva. Un jour, François avait donné un coup de main aux Canadiens pour livrer des caisses de champagne à l'un d'eux, un industriel allemand. Il avait été ébloui par le luxe de la villa. « Heureusement qu'ils ont perdu la guerre », avait rigolé le Canadien père. « C'est sûr, Anna doit être habituée à une telle magnificence », avait songé François. Elle avait grandi entourée de marbre et d'épais tapis persans quand lui n'avait connu que la terre battue et la paille. « Trop beau pour moi, tout ça. »

Pourtant, aujourd'hui, François s'en veut aussi de ne pas avoir traversé l'Atlantique à la fin de la guerre quand il n'avait pas de nouvelles d'Anna. Il était bien allé se battre jusqu'en Allemagne, avait saigné du SS comme les porcs de la ferme de son enfance. Du courage, il en avait eu. Mais en même temps, il demeurait toujours le « Raboliot » du Morvan pour qui, gamin, aller à la foire de Saulieu était toute une aventure. Alors errer dans les rues de New York, cela aurait été une sacrée épopée. Une autre planète qu'il imagine quand il feuillette au bar de l'épicerie des magazines où il découvre la navette spatiale, les Oscars décernés à un film sur la guerre du Vietnam, *Platoon*. Les Canadiens le chambrent en lui expliquant que les Américains ne mangent jamais ensemble à table, que chacun se sert dans le frigo, que l'on peut aller au cinéma en plein air assis dans sa voiture devant un écran géant. François n'est pas dupe, il leur raconte le courroux des paysans français qui, à la Libération, avaient échangé avec des GI's des œufs contre des boîtes de conserve. Quelle n'avait pas été leur surprise quand ils avaient découvert, à l'intérieur, du maïs. Comment pouvait-on manger de vulgaires « grains de Turquie » (c'est ainsi que l'on surnommait encore le maïs à l'époque dans les campagnes françaises), qui avaient fini dans le poulailler ? François se souvient de la barre de chocolat que lui avait tendue Anna avec son café soluble. Depuis, le chocolat a toujours le goût de la mélancolie quand il en croque un carré après son souper face à la mer.

Savoir qu'elle vit aujourd'hui en femme libre suscite en lui une flopée de questions. Est-ce parce qu'elle n'a pas trouvé chaussure à son pied ? Est-ce qu'elle enchaîne les passades sans lendemain ? Est-ce qu'elle a un amant épisodique ? Une interrogation le hante : est-ce qu'elle l'aime comme lui l'aime plus de quarante ans après l'hiver 44-45 ? Il s'est posé un soir la question à haute voix devant Pierre. L'autre avait éclaté de rire.

« Tu te fous de ma gueule, avait grogné François.

— Pas du tout. Mais tu ressembles à un ado transi d'amour qui n'ose pas déclarer sa flamme. Depuis tout ce temps que tu es sur l'île, tu as fait vivre ton amour avec une force incroyable. Certains diraient avec une folie, une débilité de "simplet". Tu le sais que certains t'ont surnommé "Simplet" ici ?

— Oui, murmure François. Tous ceux-là, on les emmerde. Ils ne savent pas ce que c'est qu'aimer. Ils sautent bobonne une fois par semaine et ils vont dans les bordels à marins à Toulon.

— Tu n'as qu'une seule chose à faire.

— Laquelle ?

— Lui écrire. Pour lui dire que tu l'aimes et que tu l'attends toujours.

— Mais elle va me prendre pour un dingue !

— Là, tu déraillles. Tu nourris depuis quarante ans un amour immense et tout d'un coup, tu en parles comme d'une folie !

— Pas du tout. Mais j'aurais peur d'arriver dans sa vie comme un chien dans un jeu de quilles.

— La seule façon de le savoir, c'est de lui écrire. Si elle ne te répond pas, l'affaire sera pliée. Si elle te répond, là, tout est possible.

— T'en as de bonnes, toi. J'ai pas les mots pour lui dire tout ça.

— Que tu crois.

— Non, je ne lui écrirai pas.

— Alors reste dans ta merde. »

François se ressert une large rasade du whisky du Canadien.

« T'es quand même un drôle de coco. On dirait que tu voudrais décider de ma vie. Occupe-toi de la tienne, d'abord. Tu vas quand même pas finir en vieux garçon sur ce bout de caillou ? »

Pierre avait souri. Il était bien sur cette île. Il partageait avec François le même besoin de dénuement, de joies simples au contact de la mer et du maquis. Il était enfin sorti de la bulle d'obligations qu'avaient été les derniers mois de la vie de sa mère. À l'époque, il vivait au rythme de son cancer qui embrasait tout son corps après cinq ans de rémission. Il l'accompagnait à chaque séance de radiothérapie, améliorait ses repas avec les gourmandises qu'il lui préparait : des gougères, des compotes de framboises, du flan pâtissier… Quand elle s'assoupissait, il lui tenait la main et lisait le prochain livre qu'il devait traduire. Il avait « fait le job », comme lui avait dit, juste après son décès, l'oncologue qui la suivait. Parfois, lors de ses insomnies, il revivait son dernier soupir. C'était un souvenir intense mais pas douloureux. « J'ai fait le job », se répétait Pierre en fumant une cigarette sur la terrasse de son cabanon. En revanche, il était toujours envahi par une rage triste quand il imaginait sa mère tondue à la Libération, une croix gammée de goudron peinte sur sa joue, comme une tache indélébile qui l'avait suivie toute sa vie. À sa mort, il s'était bien gardé de publier son avis de décès dans le journal local, qui aurait fait ricaner les plus vieux lecteurs.

Il avait repris à distance la traduction. Les romans arrivaient dans d'épaisses enveloppes qui intriguaient la postière. Il se mettait au travail à 4 heures du matin et rejoignait François à midi à Soleil d'Or pour déjeuner. Il faisait une courte sieste sur la petite terrasse qui surplombe la crique des Moines. Puis François le faisait « travailler de ses mains », comme il disait. Pierre savait maintenant gâcher du mortier, affûter une hache ou une chaîne de tronçonneuse. Parfois, au milieu de ses gestes, il ressentait un pincement au cœur en songeant à tout ce que cet homme lui transmettait, à lui, « l'orphelin de boche ».

Chapitre 21

New York, un peu avant Noël 1987

Cent fois, elle a recommencé sa lettre : « Cher Jack », « Monsieur Davis », « Je me permets de vous écrire », « J'ai des révélations à vous faire », « Vous n'avez pas été abandonné par la femme qui vous a mis au monde », « On vous a volé vos origines », « Je suis votre demi-sœur », « Nous avons la même mère »... Cent fois, elle a déchiré les feuilles de papier et les a jetées dans la corbeille. Cent fois, elle a relu les coordonnées téléphoniques du camp Pendleton. Cent fois, elle a décroché le combiné, a appuyé sur la touche d'un, deux ou trois chiffres et a raccroché. Mais ce matin, elle est bien décidée à aller jusqu'au bout. Elle a passé la nuit à s'en convaincre en buvant du bourbon. Elle est seule, ses enfants ont dormi chez sa mère. Elle se réveille avec une affreuse gueule de bois, se prépare un grand bol de thé, avale un comprimé de paracétamol. Mais rien n'y fait, les mots qu'elle tente de répéter dans sa tête s'embrouillent.

Tant pis. Le téléphone sonne au camp Pendleton : « Bonjour monsieur, je souhaiterais parler au sergent Jack Davis. » À l'autre bout, une voix neutre lui répond : « Attendez, je me renseigne pour savoir s'il est disponible. » Les secondes lui paraissent interminables alors qu'elle perçoit deux voix étouffées dont elle n'arrive pas à saisir la conversation.

Elle tremble comme une feuille : est-ce qu'elle va lui dire « Je suis votre demi-sœur » ou tout simplement « votre sœur » ? Après tout, ils sont issus du même ventre. Elle a souvent essayé d'imaginer son visage : a-t-il les cheveux roux et les yeux verts de sa mère ? Est-il brun ténébreux comme son père ? Est-il célibataire ? Marié ? A-t-il des enfants ?

« Madame ?

— Oui ?

— Le sergent Davis n'est pas sur le camp actuellement. »

Emma a du mal à contenir sa déception mais elle insiste :

« Est-ce vous pourriez me dire où je peux le joindre ?

— Je suis désolé mais je ne suis pas habilité à vous répondre.

— Comment ça, "pas habilité à me répondre" ?

— L'armée ne communique pas sur la vie privée de ses membres, assène son interlocuteur d'une voix métallique.

— Alors je fais comment, moi, pour entrer en contact avec lui ?

— Vous pouvez écrire à l'adresse du camp qui fera suivre votre courrier. Au revoir, madame. »

Emma manque de faire exploser le combiné du téléphone en raccrochant. Elle enrage : « Putains de militaires ! »

Chapitre 22

L'île, février 1988

Le feu crépite dans le petit poêle de Soleil d'Or. Le vent est comme une longue plainte qui rôde autour de la maisonnette. En bas, la mer enrage dans la crique des Moines. Pierre a posé devant François un bloc-notes quadrillé et un stylo Bic noir. Les bras croisés sur la table, il scrute le regard perdu de François qui va de la lampe à gaz à la photo d'Anna toujours accrochée au mur.

« Et je vais lui parler de quoi ? souffle François.

— De ta vie, tout simplement, répond doucement Pierre.

— Ma vie ? Mais ma vie, ça ne se dit pas. À part avec toi, je n'ai envie de la raconter à personne.

— Même à la femme que tu aimes toujours depuis plus de quarante ans ?

— Elle me prendrait pour un barge et elle aurait bien raison. Tiens, même inventée, mon histoire, tes éditeurs n'en voudraient pas.

— Oh que si, comme beaucoup d'autres destins. Les gens se croient ordinaires parce qu'ils crèvent de solitude, que les autres, par égoïsme, ne s'intéressent pas à leur vie. Et la tienne, j'en ai jamais rencontré de pareille, même dans les romans que j'ai traduits.

— Ma vie, c'est pas un livre, c'est la vérité.

— Justement.

— Mais puisque je te dis qu'elle va certainement me prendre pour un hurluberlu !

— Qui t'a dit ça ? Sûrement pas moi. Là, c'est toi qui inventes, qui lui fais dire des choses sans savoir si elle les pensera. »

François triture le stylo nerveusement.

« Je sais même pas comment je vais m'adresser à elle.

— Le plus simplement du monde : "Anna, chère Anna."

— Je mets la date et le lieu ?

— Évidemment. »

François écrit ce qu'ils viennent de se dire. Il s'arrête à la ligne suivante. Silence. Sa main se crispe sur la feuille de papier et commence à la froisser. Pierre l'en empêche d'un geste rapide.

« Je fais ce que je veux, tonne François.

— Non, tu continues. Tu me l'as promis.

— J'ai pas les mots.

— On a tous les mots. Écris-lui comme tu me parles. »

L'autre soupire profondément. « Sers-nous un coup de gnôle des Canadiens, j'en ai bien besoin. » Il boit une copieuse gorgée et la pointe Bic ne s'arrête plus. Pierre sort et, malgré la tempête, décide de descendre aux Moines. Les embruns fouettent son visage, laissant un goût salé sur ses lèvres. Au loin, la lumière rouge d'un phare clignote. Il se dit que la lettre que François est en train de rédiger est une sacrée bouteille à la mer.

« Chère Anna, c'était il y a quarante-quatre ans sur un quai de gare. Dès que je t'ai vue, j'ai su que je ne pourrais jamais t'oublier. Je me souviens de tout. De ta cigarette que j'ai allumée alors que tu trépignais de froid dans tes bottes. Je n'avais jamais entendu un Américain parler aussi bien le français que tu étudiais à l'université. Tu m'as causé d'écrivains que je ne connaissais pas. J'ai tout de suite compris qu'on n'était pas du même monde, ce qui avec quelqu'un d'autre que toi m'aurait fait fuir. "Trop belle, trop riche pour toi", comme on me disait au pays. Mais non, on est restés là gelés sur ce quai à parler, parler alors que nos trains n'arrivaient pas. En d'autres circonstances, j'aurais gueulé contre le chef de gare qui m'aurait dit : "Mais c'est la guerre, monsieur", et je lui aurais répondu : "Je sais, je la fais." Là, plus les heures passaient, plus je me réjouissais de tout ce bordel qui nous maintenait ensemble. C'est toi qui as fait le premier pas quand la nuit est tombée en me proposant d'aller au buffet de la gare. Quand tu as enlevé ta pèlerine, j'ai découvert ta

chevelure rousse comme une gerbe de feu. C'était la première fois que je buvais du café en poudre. C'était la première fois que tu fumais du gros cul que je t'avais roulé car tu n'avais plus de cigarettes. Tu as toussé et on a ri. Je n'avais qu'une peur, c'était que tu rejoignes le cantonnement américain de cette ville à défaut de prendre ton train sanitaire. Mais tu es restée. On avait mangé une soupe aussi claire que le vin qui l'accompagnait. Sur le quai, on avait surtout parlé de la guerre. Serrés comme des sardines au buffet de la gare, tu m'as assailli de questions sur moi. Tu voulais savoir d'où je venais, comment j'avais grandi, ce que je faisais avant la guerre. Je dois t'avouer que jamais personne ne s'était autant intéressé à moi. J'étais paniqué quand il me fallait te répondre. J'avais ressenti de la honte à l'idée de raconter mes origines. Alors, je t'ai menti. Je me suis inventé des parents fermiers, des frères et des sœurs qui avaient de bonnes places à la ville. Je voulais tout sauf que tu me plaignes, que tu me prennes en pitié. J'ai tamisé la vérité comme on tamise le sable. Et soudain, tu as mis ta main sur la mienne. Je ressens encore sa douceur et sa chaleur. Il suffit que j'y pense pour que cela revienne immédiatement. Comme l'odeur du foin où nous nous sommes aimés. »

François mordille son crayon nerveusement. Il peine à poursuivre sa lettre car il lui a déjà écrit, il y a plus de quarante ans, son débarquement sur l'île, la vie sous la tente dans le maquis juste au-dessus de la crique des Moines qu'elle connaissait si bien. Puis la construction de Soleil d'Or pour eux deux. Il a peur de radoter. Il ne lui parlera pas des confidences de Claudia, de ses veines en sang dans l'eau du port. À quoi bon se plaindre quand on aime toujours ? Il lui dit pourtant qu'il sait son mariage, son divorce, Emma. Il est heureux pour elle qu'elle ait une fille. Il est sûr qu'elle est une bonne mère. Il aurait voulu avoir un enfant d'elle mais il ne l'écrit pas. Il se tourne vers la photo accrochée au mur. Il soupire. Il a peur d'effrayer Anna en lui racontant que depuis quarante ans, tous les jours, il lui parle à travers ce cliché, qu'il y met en scène la vie imaginée pour eux ici. Un homme normal, ça n'invente pas des histoires comme ça. Ou alors c'est qu'il est fou. Ça tourne vite la page quand plus rien ne va avec une femme. Il aurait pu « cruiser » une vacancière, comme disent les Canadiens. Les occasions n'ont pas manqué. Un été qu'il était allé réparer une conduite d'eau dans une villa, la propriétaire lui a fait un gringue d'enfer. Il a bien senti monter le désir brut alors qu'elle se penchait sur son ouvrage, seins nus, simplement vêtue d'un paréo. Il aurait pu la prendre là, sauvagement, sur son divan. Un coup sans lendemain ou alors peut-être plusieurs, imprévisibles, le temps du séjour sur l'île de cette femme dont le mari était resté à Paris. Mais non, il avait le sourire d'Anna en tête alors qu'il soudait un tuyau en cuivre. Il aurait pu faire comme les îliens et les îliennes qui s'en vont coucher dans le lit de l'un ou de l'autre quand la solitude de l'hiver et la tempête leur pèsent trop. François n'a dormi qu'une seule fois à deux dans sa vie. Une poignée d'heures dans les bras d'Anna qui valent toutes les coucheries qu'il aurait pu accepter ici. C'est sûr, pour les autres, il n'est pas un homme normal, un homme qui tire son coup dans l'insouciance de l'été. Mais il s'en fout. Comme il n'avait jamais voulu entendre Claudia quand elle lui répétait que l'amour d'une vie, l'amour unique n'existait pas, que c'était de la foutaise, que ces croyances s'écroulaient quand le désir s'émoussait.

Il n'en finit pas de rouler sa cigarette dans laquelle le tabac s'effrite. Il sort fumer sur la restanque où fleurit un imposant mimosa. Dans l'obscurité, il caresse ses ramures et cueille une fleur. Il termine sa lettre par « *J'aimerais que tu voies fleurir le mimosa de Soleil d'Or* ». Il glisse les feuillets et la petite fleur jaune dans l'enveloppe.

Quand il remonte à Soleil d'Or, Pierre trouve François avachi sur sa chaise, un peu ivre mais surtout l'air vidé.

« Tu ne veux pas me relire ?

— Pourquoi ?

— À cause des fautes.

— Tu ne m'as pas dit que tu avais été reçu troisième au certificat d'études du canton dans le Morvan ?

— Si. Mais quand même. J'ai perdu en grammaire depuis.

— Non, je ne te relirai pas. Cette lettre, c'est entre Anna et toi. »

François se verse un peu d'eau-de-vie.

« Tu peux au moins me rendre un service. Tu iras porter la lettre à la poste. Si c'est moi qui le fais, la postière va tiquer en voyant que j'écris en Amérique. Et tu sais comme ils sont ici, les nouvelles vont vite dans ton dos.

— Ça, je peux le faire », sourit Pierre.

Chapitre 23

New York, mars 1988

Depuis qu'elle l'a reçue, Anna n'en finit pas de relire la lettre de François. La première fois, elle a été dans le déni. C'était forcément une mauvaise blague, un canular. Mais de qui ? La lettre portait effectivement le cachet de l'île et un timbre français. Elle n'était pas retournée à l'hôtel des Arbousiers depuis cinquante ans. Elle n'y avait gardé aucun contact. Elle avait été effrayée par ces mots évoquant son amour intact, l'attente à Soleil d'Or. François serait-il devenu fou, dans sa solitude, au point de s'inventer des chimères pour survivre ? Cette question interrompt souvent le sommeil d'Anna qui se relève pour fumer en ressassant cette question. Sans dire qu'il s'agissait de son histoire, elle a posé la question au psychiatre qui intervient au dispensaire. Il a haussé les épaules en disant : « Tout est possible », sous-entendant que les limites entre la réalité et la folie sont parfois bien ténues. Anna éprouve aussi de la colère quand elle relit : « *Je t'attends.* » Pourquoi n'a-t-il pas traversé l'Atlantique quand il était sans nouvelles d'elle ? Quand on a fait la guerre comme un enragé, quand on est libre comme l'air car fils de personne, on doit être capable de tout, n'est-ce pas ? Qu'est-ce qu'une poignée de jours en bateau pour traverser l'Atlantique quand on s'est battu avec les goumiers et qu'on a été blessé le long du ruisseau de Basse-sur-le-Rupt dans les Vosges ? Des nuits durant, quand elle est de garde, elle a envie de se taper la tête contre les murs pour trouver une explication. Il n'est pas mort. Le reste n'est qu'un raz-de-marée de questions sans réponses.

Anna a toujours la lettre sur elle. Parce qu'elle veut comprendre. Comme ce matin, où elle l'a dépliée dans le métro. « *Depuis plus de quarante ans, mon amour pour toi ne m'a jamais quitté. Quand je rentre à Soleil d'Or, je suis chez nous et je rêve de te raconter ma journée, les arbres que j'ai taillés, la citerne que j'ai réparée, le coup de main que je suis allé donner au pêcheur pour réparer ses filets.* » Anna a ses mots dans la tête alors qu'elle est en train de soigner le pied malade d'un ancien du Vietnam. Elle finit son pansement en fixant son patient et ne peut s'empêcher de lui demander : « Vous aviez une amoureuse, quand vous étiez soldat ? »

L'homme hoche la tête de haut en bas :

« Avant de partir, on s'était juré de se marier à mon retour. Au début, elle m'écrivait presque tous les jours, me parlait de la minijupe qu'elle s'était achetée pour me plaire, de la décoration de notre futur appartement. Puis ses lettres se sont espacées, elles sont devenues… fades. Peut-être que je lui en demandais trop dans les miennes. Je me souviens exactement du jour où j'ai lu qu'elle me quittait : c'était le début de l'offensive du Têt, le 31 janvier 1968.

— Et après ?

— Rien. J'ai tout fait pour l'oublier. Les cuites. Les bordels à Saïgon. Quand vous êtes en train de combattre, vous avez autre chose à penser que vos déceptions amoureuses. Il s'agit d'abord de sauver sa peau. J'avais des copains qui avaient le cuir moins épais que moi. Ils ont fait des fixettes sur leur rupture. Certains tentaient de rattraper le coup en passant leur temps à écrire des lettres pour reconquérir leur ex, mais ça ne marchait jamais.

— Pourquoi, à votre avis ?

— Voyons, madame, ce n'est pas à vous que je vais apprendre cela. Plus on s'accroche, plus on fait fuir l'autre. Et puis il y avait les furieux qui déballaient toutes les conneries de la guerre : le sang, les tripes à l'air, le napalm. Vous pensez qu'à vingt ans, une fille a envie de lire ça ?

— Non. Mais elle peut aussi comprendre que son petit ami a besoin de lui parler des horreurs qu'il a vécues pour apprendre à vivre avec ses souvenirs, voire les expulser de son cerveau.

— Non, madame, ça, je n'y crois pas. On n'est pas faits pour s'aimer en partageant l'horreur. Tenez, il y avait un gars dans mon régiment, il est rentré au pays complètement déglingué de la tête. Pourtant, il s'est marié. Sa femme a été d'une patience d'ange, à l'écouter ressasser sa guerre. Jusqu'au jour où elle a décidé de partir. Il l'a butée dans le garage de leur maison alors qu'elle montait dans sa voiture. Puis il a retourné son arme contre lui. Après ça, pas étonnant qu'on nous regarde de travers. Vous avez vu le film *Taxi Driver* avec Robert De Niro en vétéran du Vietnam ?

— Oui.

— Alors vous vous souvenez comment il se fait rembarrer par une gonzesse pour qui il a le béguin ?

— Oui.

— Eh bien dans la vraie vie, c'est pareil. L'Amérique ne veut pas nous voir, elle qui nous a envoyés combattre dans une guerre de merde qu'elle a perdue. Et si jamais on l'ouvre, c'est les flics et direct l'hôpital psychiatrique où l'on vous assomme de cachetons. Je n'ai plus le courage d'aller voir ceux de mes potes qui sont devenus des zombies. »

Anna songe à la manière dont François a donné un sens à sa vie. Elle regarde l'homme qu'elle finit de soigner. Son visage tavelé est marqué par les stigmates de son alcoolisme. Elle ose : « Dans *Taxi Driver*, le héros cherche à exister. Qu'est-ce qui vous fait tenir, vous ? » L'homme sourit :

« Ma fille.

— Votre fille ?

— Quand je suis rentré du Vietnam, j'ai été embauché dans un garage comme mécano. Une jeune secrétaire est tombée amoureuse de moi. Elle était et elle est toujours gironde. Je l'ai foutue en cloque. Elle était ravie. Moi, pas du tout. Mais on s'est mariés. Elle avait réussi à mettre le pied dans la porte de ma vie. Je me suis dit : "Après tout, elle ou une autre..." J'ai appris à devenir père et j'ai été très heureux de m'occuper de ma fille quand elle était bébé. Moi qui avais vu des gosses subir des choses très moches au Vietnam, ma petite fille m'a appris la douceur. J'aimais la langer, lui donner le biberon et le bain. À cette époque, ça se passait plutôt bien avec sa mère. Je n'étais toujours pas amoureux, mais j'avais une forme d'affection pour elle et puis ça marchait toujours fort au plumard. Mais il y avait un hic...

— Vous voulez m'en parler ?

— Vous êtes infirmière ou esthéticienne ? Ça se voit sur ma gueule. Je picole. Comme tous les mecs de ma génération, j'ai commencé gentiment à la Bud au lycée. Au Vietnam, je suis passé au Jack Daniel's et pas qu'un peu. Je trouvais ça normal et je me disais que c'était moins grave que les mecs qui se défonçaient à l'héro. Je pensais me calmer en rentrant au pays.

— Ça n'a pas été le cas ?

— Oh que non. Mais j'étais jeune, je tenais bien l'alcool, ça ne se voyait pas trop.

— Votre femme n'en était pas consciente ?

— J'avais mes petites ruses, comme tous les alcoolos. Je me servais le premier verre tranquille devant elle quand on rentrait du boulot. Et les suivants, je les buvais en cachette dans les chiottes, le garage, le jardin. J'avais toujours une bouteille planquée dans la chasse d'eau et une autre derrière une canalisation. Ma femme était une vraie marmotte. Elle se couchait tôt. Moi, je continuais de me saouler. Souvent, elle me retrouvait au petit matin sur le canapé. Je lui disais que je m'étais endormi devant la télé.

— Vous n'aviez pas la gueule de bois ?

— Si. Mais à cette époque, ma femme ne le remarquait pas. Au fond, je crois qu'elle ne voulait pas voir.

— Ça a duré longtemps ?

— Jusqu'au jour où j'ai fait une connerie sur une bagnole qui aurait pu envoyer son propriétaire dans le décor. Le chef d'atelier – on ne pouvait pas se saquer – a trouvé une bouteille derrière les barils d'huile. Le patron m'a viré sur-le-champ, devant ma femme.

— Comment a-t-elle réagi ?

— Elle m'a encouragé à faire une cure de désintoxication. Elle venait me voir tous les jours à la clinique à l'heure de sa pause-déjeuner. J'ai été abstinent durant cinq ans. On avait fait un pacte, avec ma femme. Chaque fois que j'avais envie de boire, je devais lui dire et elle me prenait dans ses bras en m'embrassant longuement. Ça se terminait souvent au pieu. Et puis mon meilleur ami, mon frère d'armes, s'est suicidé en se jetant sous le métro. Il était à la rue. J'allais lui porter à bouffer. Je ne voulais pas lui donner de fric car je savais qu'il allait le boire. Je m'en suis voulu de ne pas l'avoir davantage soutenu. Alors, un jour, j'ai replongé. Je savais que ma femme avait compris, mais désormais elle ne disait plus rien. Je l'ai sentie s'éloigner, par des petits riens. Elle fermait les yeux quand je voulais faire l'amour. Elle restait muette le matin quand elle me retrouvait endormi tout habillé sur le canapé. On ne s'embrassait pratiquement plus. Ça s'est franchement gâté un soir que j'étais dans un bar. Un gars m'a sorti que c'était à cause de poivrots comme moi qu'on avait perdu le Vietnam. Je lui ai refait le portrait comme je le faisais lors des bagarres dans les rades de Saïgon. Au tribunal, j'ai évité la taule grâce à mes états de service à la guerre. J'ai écopé d'une amende salée. À la sortie, ma femme m'attendait au bas des escaliers. Elle m'a juste dit qu'elle demandait le divorce.

— Ça vous a fait quoi ?

— Ni chaud ni froid vis-à-vis de ma femme. Mais j'étais paniqué à l'idée de ne plus voir ma fille. "Tu ne la verras que lorsque tu seras à jeun", m'a sorti ma future ex-femme. Je m'y suis engagé et je jure devant Dieu que je n'ai jamais bu une goutte d'alcool devant ma fille. On se voit toutes les semaines dans un resto viet. Elle adore la cuisine asiatique. Je bois un Coca.

— Comment s'appelle-t-elle ?

— Amy. On vient de fêter ses vingt ans. »

Ce « vingt ans » fait l'effet d'une bombe dans la tête d'Anna. À sa pause, elle s'attable dans un coffee-shop devant une feuille de papier à en-tête du dispensaire. Elle mordille son crayon.

Chapitre 24

Camp Pendleton, été 1988

Le sergent Jack Davis introduit son index dans le canon du fusil d'assaut M16 d'une nouvelle recrue. « C'est propre, ça ? » grogne-t-il en ressortant son doigt noirci. Le jeune engagé est cramoisi et souffle : « Non, sergent. Je vous prie de m'excuser.

— Je m'en fous de tes excuses. Tu me démontes complètement ton arme et tu me l'astiques à fond comme si c'était ta queue à la sortie d'une chatte. »

Le sergent Davis a la réputation d'être un excellent instructeur mais au verbe rugueux et à la punition facile. Il vit Marines, mange Marines, dort Marines, respire Marines. Les femmes qui ont tenté de l'arracher à cette vie-là ont toutes échoué. Il n'a jamais voulu d'enfant pour ne pas risquer d'en faire un orphelin : « Le métier que la nation m'a confié, c'est de donner la mort, mais aussi d'accepter de la recevoir. » L'US Marines Corps est toute sa famille. Mais depuis quelque temps, il gamberge sur ses origines.

Surtout la nuit quand, insomniaque, il fait le tour du camp en grillant des Camel et en vérifiant que ses biffins, qu'il considère un peu comme ses gosses, dorment à poings fermés. Un cauchemar le hante : l'image d'un nouveau-né que l'on emporte comme un objet que l'on viendrait de voler et d'une femme qui n'en finit pas de hurler dans une chambre de maternité. Tout cela lui glace le ventre, qu'il tente de réchauffer avec un mug de mauvais café.

Chapitre 25

L'île, Noël 1988

La postière tente de tirer les vers du nez à Pierre : « Un colis pour François expédié d'Amérique, c'est bizarre, non ? » Pierre botte en touche : « C'est peut-être un ancien GI avec qui il a fait la guerre. » François ouvre la boîte, il en sort un pull à col roulé noir et une carte postale de New York sous la neige : « *Je sais qu'il peut faire froid sur l'île en hiver* », a écrit Anna. « Eh bien, tu vois qu'elle a fini par te répondre, explose Pierre. Avec un pull en cachemire, avec ça. » Pour la première fois, il voit François éclater en larmes alors qu'il caresse le pull. « Putain, quelle vie », soliloque-t-il avant de se demander : « Moi aussi, faut que je lui envoie quelque chose. Mais quoi ?

— Fabrique-lui une lampe en bois flotté, je me chargerai de l'expédier », suggère Pierre. François acquiesce : « Oui, avec du bois des Moines et de la Galère. » Une enveloppe d'un papier ivoire accompagne le colis d'Anna. François descend aux Moines pour l'ouvrir :

« Cher François,

Quand j'ai ouvert ta lettre, j'ai tremblé comme j'ai tremblé de froid quand nous nous sommes rencontrés sur ce quai de gare. D'abord, je n'ai pas voulu y croire. Quarante ans, François. Une grosse moitié de vie sans nouvelles de toi. Sans les mots d'amour que tu m'avais murmurés dans tes bras sous la couverture militaire. C'était peut-être déraisonnable, alors que l'on était au comble de l'horreur, mais j'ai terminé cette guerre sur un nuage de bonheur en étant certaine que nous allions nous retrouver. Ce qui fut loin d'être aussi évident que ce que nous avions imaginé en nous quittant au départ de mon train.

J'espère que tu es assis sur la grosse pierre plate des Moines pour lire ce qui va suivre. Quand je suis rentrée à New York, j'ai découvert que j'étais enceinte de toi. J'étais follement heureuse et ma famille outrageusement scandalisée. Mais je m'en moquais. Je me suis empressée de t'écrire la naissance de notre futur bébé. Mais tu n'as jamais reçu ma lettre, ni toutes les autres, comme je n'ai jamais eu les tiennes. Mon père avait tout organisé pour détourner notre courrier. Quand mon ventre a commencé à s'arrondir, on m'a mise au vert dans notre propriété du Vermont, histoire de faire taire d'éventuelles rumeurs, impensables dans notre milieu social. Quand j'ai ressenti les premières douleurs, on m'a transportée dans une clinique où les couloirs étaient vides, les portes fermées. On aurait dit un endroit secret. On m'a fait une césarienne sans me demander mon avis. Quand je me suis réveillée, on m'a annoncé que notre bébé était mort-né. Je n'ai pas pu le voir avant qu'on l'enterre dans notre parc du Vermont. J'ai fait graver son prénom sur sa tombe. Jacques. Ensuite, j'ai sombré dans une dépression sévère. Mon désespoir était d'autant plus grand que je n'avais aucune nouvelle de toi. On m'a transférée dans une autre clinique, cernée de hauts murs. Quand je ne dormais pas toute la journée, assommée par les médicaments, je pleurais notre Jacques, ton absence. Dans mes cauchemars, je te voyais mort dans un trou d'obus ou au bras d'une autre femme. J'oscillais entre le chagrin et la colère. Cela a duré un long tunnel de désespoir puis à force d'électrochocs, mais surtout parce que je ne supportais plus l'enfermement de la psychiatrie, je me suis résignée à mon sort. J'ai retrouvé la propriété familiale de New York, j'ai brûlé dans la cheminée Flaubert et Balzac. Je ne supportais plus l'idée de lire en français, j'ai déchiré notre photo, j'ai jeté mon uniforme d'infirmière de guerre. À défaut de comprendre pourquoi tu n'avais plus donné signe de vie, j'ai gommé tout ce qui me rappelait ton existence. Il n'y a que la tombe de Jacques dans le Vermont que je ne pouvais pas détruire. Et forcément, quand j'y allais, ton image ressurgissait, mais au fil du temps, elle est devenue de plus en plus floue. Non pas que je ne t'aimais plus, mais la résignation avait transformé mon passé en champ de ruines. Je me suis conformée au moule que l'on avait préparé pour moi. J'ai épousé un garçon de "notre monde", comme disait ma mère. La fille du magnat de l'acier qui se mariait avec le fils du magnat du béton, tout rentrait dans l'ordre. Et puis, cet homme avait belle allure, comme on dit. Un magazine a même écrit que nous étions "le couple wasp le plus glamour" en légendant notre photo de mariage. Je ne l'aimais pas. Je n'ai jamais su s'il m'aimait vraiment, au-delà de ses chèques et de ses cadeaux. Me désirer, ça oui. Je ne pouvais pas tout le temps lui dire que j'avais mes règles ou que j'étais fatiguée. Je faisais "mon devoir conjugal" en m'évadant dans la crique des Moines. Je m'imaginais nageant parmi les dorades jusqu'à la pointe de la Galère. C'était mon repère pour faire semblant de jouir. Heureusement, il s'endormait vite. Parce que franchement, on n'avait pas grand-chose à se dire. À part quand il me demandait de l'admirer dans son nouveau costume sur mesure ou quand il m'obligeait à venir assister à la pose de la première pierre d'un nouveau gratte-ciel. Pourtant, il n'était pas complètement dépourvu d'émotions. Quand je lui ai annoncé que j'étais enceinte, il m'a paru sincèrement touché. Avec ce qui s'était passé pour Jacques, on a surveillé ma grossesse comme le lait sur le feu. Je me suis remise à lire en français. J'ai décidé que si c'était une fille, je l'appellerais Emma, comme dans Madame Bovary. *J'ai été accouchée par l'un des plus célèbres gynécologues des États-Unis. Une grosse crevette rousse vigoureuse et morfale est venue au monde le 8 juin 1950. Mon mari voulait absolument que l'on prenne une nurse, j'ai refusé. Je redoutais l'idée de ne pas la sentir respirer à chaque seconde. Surtout la nuit. Et comme son père ne supportait pas ses réveils, nous avons fait chambre à part, pour mon plus grand soulagement. Je crois que c'est à ce moment-là que nos relations se sont tendues. Il ne comprenait pas pourquoi je voulais allaiter Emma jusqu'à deux ans. Il jalousait ces moments d'intimité entre ma fille et moi alors que j'aurais accepté de les partager avec lui parce que c'était son père. Quand Emma est allée à la maternelle, j'ai ressenti un grand vide, j'ai décidé de reprendre mon métier d'infirmière pour les vétérans de guerre. Ça me titillait depuis un moment. Qui sait ? Est-ce que ce n'était pas un moyen inconscient d'être encore auprès de toi ? Ça n'a pas plu du tout au père d'Emma. Il m'a accusée de la délaisser. C'est là que j'ai décidé de demander le divorce. Ça n'a pas été très compliqué, il avait déjà quelqu'un d'autre dans sa vie. Mon père ne m'a pas touché un mot de notre séparation. Il continuait de travailler avec son ex-gendre. Les affaires étaient les affaires. Ma mère m'a juste demandé si je savais bien ce que je faisais. Évidemment que je le savais. Emma a été de toute ma vie jusqu'à ce qu'elle prenne son propre envol. Elle goûtait dans la salle de repos du dispensaire quand elle sortait de l'école, accompagnée d'un vétéran qui l'adorait et que j'employais pour ses déplacements et ses promenades dans Central Park. Maintenant, il s'occupe de mes deux petits-enfants. Tu le verrais, c'est un sacré baby-sitter, toujours avec sa vieille veste de combat couverte d'écussons pacifistes.*

Cher François, j'espère que tu es bien accroché à la pierre des Moines car ce que je vais t'annoncer défie toute imagination. J'ai toujours pensé que les secrets n'étaient pas éternels mais celui-ci était tellement énorme qu'il aurait pu rester enfoui pour toujours. En août 1986, alors que j'étais au chevet de mon frère Peter mourant, rongé par l'alcool et la drogue, il m'a laissé une lettre dans laquelle j'ai appris que Jacques n'était pas mort-né. On m'avait imposé une césarienne pour me l'enlever durant mon anesthésie. On m'a volé notre enfant. Il était impensable pour mon père qu'il y ait un bâtard dans la famille. Il avait tout manigancé. Il avait fait établir un faux état civil – Jack Davis – pour Jacques, officiellement abandonné à la naissance, puis l'avait placé dans un pensionnat religieux où il est resté jusqu'à dix-neuf ans avant de s'engager dans les Marines. Il a fait la guerre du Vietnam. Aujourd'hui, il est instructeur dans un camp militaire en Californie. Je sais tout ça par Emma qui s'est lancée dans des recherches pour "retrouver son frère", comme elle dit. Elle refuse le mot "demi". Depuis deux ans, ma vie ressemble à des montagnes russes. Un jour, je me dis que je n'ai pas le droit de me dévoiler auprès de cet homme qui ne sait rien de mon existence, que je n'ai pas élevé. Et là, c'est la résignation qui domine. Un autre, je suis tellement heureuse de savoir qu'il n'est pas mort-né, qu'il fait sa vie, que j'éprouve une forme de soulagement. Un autre encore, je suis à deux doigts de me laisser convaincre par Emma de lui écrire et pourquoi pas d'aller à sa rencontre, au camp Pendleton. Je change d'avis aussi souvent que j'écrase une cigarette.

J'ai fait mettre ta fleur de mimosa au bout d'un pendentif qui ne me quitte plus. C'est ma façon à moi de te dire que je t'aime toujours. Mais je dois t'avouer que je ne sais pas comment faire vivre cet amour, désormais. Je parle pour moi, bien sûr. Tu as consacré ta vie à m'aimer comme si j'étais à tes côtés à Soleil d'Or. Tu as vécu uniquement pour m'aimer en pensée à six mille kilomètres de distance. Cela défie l'entendement. Si je le racontais à ma meilleure amie, elle me parlerait de folie. Moi, pas. Car dès nos premiers mots sur le quai de la gare, j'ai saisi ta pureté et ton courage. En me lisant, tu dois penser que j'ai fait ma vie d'une manière bien différente de la tienne. Et tu auras raison. L'absence de lettres, la fausse mort de

Jacques m'ont poussée vers une forme d'acceptation triste de mon sort amoureux ; d'où mon mariage. Je me suis dit que j'aurai vécu le grand amour durant quelques heures. C'est ridiculement court mais il y a si peu de femmes et d'hommes qui ont connu un tel déluge de sentiments. Je garde aussi sur ma table de nuit un morceau de roche de l'île. J'y ai incrusté symboliquement notre histoire, comme une pépite de vie. Je le serre très fort quand le grand ressac de mon amour revient, notamment dans mes rêves. À l'heure qu'il est, ni toi, ni moi ne savons ce que nous réserve l'avenir, si ce n'est que nous nous aimerons toujours.

Au moment où je t'écris, je me demande comment tu réagis, ce que tu penses, face à la mer. »

Anna ne sait pas que c'en est trop pour François. Il se déshabille et plonge dans l'eau froide le plus profond possible. Non, il ne veut pas mourir comme il a tenté de le faire il y a près de quarante ans. Il veut aller toucher le fond pour y déposer ses émotions et remonter en respirant la vie à pleins poumons. Il fait du surplace en contemplant sa maisonnette là-haut. A-t-il fait tout ça pour rien ou reste-t-il encore un peu de temps pour qu'ils y soient heureux ensemble ? À cet instant, la sirène du dernier bateau pour le continent retentit.

Chapitre 26

Janvier 1989

« Et celle-là, elle te plaît ? » demande Pierre en tendant à François le cliché qui vient de sortir de son appareil photo Polaroïd. On l'y voit posant debout, les mains sur les hanches, sur la corniche des Pins.

« Oh non, tu me prends de trop près, je t'ai déjà dit, elle va voir que je suis un vieux machin.

— Mais comment veux-tu qu'elle te voie si tu n'es qu'une silhouette au loin ? s'énerve Pierre. Je te préviens, je n'aurai bientôt plus de papier photo. Et je suis allé exprès à Toulon acheter un Polaroïd pour que Monsieur puisse envoyer rapidement sa tronche à sa princesse !

— Mais c'est Anna qui me l'a demandé, sourit François. Elle m'a écrit qu'elle avait hâte !

— On a déjà fait toutes les corniches de l'île, je t'ai pris devant Soleil d'Or, tu as voulu aller poser dans les ruines de l'ancien fort au sommet de l'île, on a même poussé jusqu'à la pointe de la Galère. Un coup, on ne voit pas assez la mer, un coup, c'est le soleil qui ne te plaît pas… tu m'épuises. »

François s'assoit sur une marche d'escalier. En apparence, on croirait qu'il boude. En fait, il gamberge. « Fais voir toutes les photos que tu as prises. » Il les scrute d'un air très concentré, les sourcils plissés. Et soudain, son visage s'éclaire.

« J'ai compris ce qui ne va pas.

— Ça va encore être de ma faute, grogne Pierre.

— Mais non, idiot, c'est mes habits, on dirait que je suis fringué comme l'as de pique. »

Il touche la chemise et le pantalon en lin beige que Claudia lui avait offerts et demandé de porter pour la soirée qu'elle organisait chaque 15 août. « J'aurais jamais dû mettre ça pour les photos. Ce n'est pas moi. Je vais me changer. On se retrouve aux Moines. »

Au couchant, François s'assoit sur la pierre plate encore toute chaude. Il a revêtu son short kaki de l'armée et un tricot de peau tout fripé. Pierre s'apprête à déclencher son Polaroïd. « Attends, gamin. » Il sort sa blague à tabac et se roule une cigarette de gros cul qu'il allume. « Vas-y, maintenant. » Pierre le prend plein cadre dans les volutes de tabac qui caressent le visage de François. Puis il lui demande de regarder la mer, c'est son dernier cliché. François le scrute d'un regard lumineux :

« Ah, là, c'est vraiment moi.

— Alors bouge pas, j'en fais une autre avec mon Nikon.

Chapitre 26

— Je comprends pas à quoi tu joues, s'agace François. Pourquoi tu prends la même photo avec deux appareils différents ?

— Les polaroïds, c'est pour envoyer tout de suite en Amérique. Les photos avec le Nikon, c'est pour un album que je suis en train de faire. Tu verras… »

François joint les polaroïds à la lampe qu'il vient de terminer pour Anna. Il l'a fabriquée dans un morceau de cade, ce genévrier au puissant parfum fumé. Il a recouvert l'abat-jour avec de la ficelle de chanvre qu'il s'est procurée chez les Canadiens. Pour caler le tout dans un carton, il a utilisé des rameaux de romarin qui embaument.

Quand elle ouvre son colis, Anna ferme les yeux et hume le parfum du maquis. Elle a quinze ans et se souvient des rondelles de cade pour chasser les mites dans les armoires à linge de l'hôtel des Arbousiers. Elle place la lampe bien en évidence dans son salon. Elle déplie une feuille de papier :

« Mon Amour,

J'espère que quand tu allumeras cette lampe, sa lumière te rappellera celle de l'île. Le maire parle de faire venir l'électricité jusqu'ici. Moi, je n'en veux pas. D'abord parce que j'ai peur qu'avec tous leurs machins de câbles électriques, ils foutent le feu au maquis. Ensuite, je vis ici comme je vivais dans le Morvan, avec l'aube et le crépuscule qui changent au fil des saisons. Tu dois me trouver bien vieux jeu à me coucher à l'heure des poules, toi qui vis dans une ville qui ne dort jamais. Pierre, dont je t'ai déjà parlé, m'a montré des photos de New York où la nuit, on voit comme en plein jour, avec cette flopée de lumières. »

À chaque lettre, François a peur que ses mots parfois gauches n'effraient Anna. Elle aussi soupèse chaque phrase. Elle craint d'être maladroite quand elle lui raconte qu'elle a passé le week-end dans le Vermont avec sa fille et ses petits-enfants. Elle redoute que François, comme elle d'ailleurs, ne pense à Jacques. Cette âme bien vivante plombe de tristesse leurs missives par son absence ; ce fils qui n'avait jamais existé pour François, qui était mort-né pour Anna. Il les hante tous les deux mais ils ne savent pas comment s'en parler. Ils n'osent pas non plus se demander si un jour, ils se retrouveront sur l'île. Ils redoutent les dégâts du temps. Même si François n'en finit pas de fondre quand il contemple les photos qu'Anna lui a envoyées cet hiver. Elle sourit emmitouflée dans un châle grenat qui fait ressortir la rousseur de son visage. Il y a aussi une image d'elle avec Emma et ses deux enfants dans un parc d'attractions. Au dos, elle a écrit « *Coney Island, février 1989* ». Désormais, il a trois photos sur le mur auquel il a si longtemps parlé tout seul. Elles sont alignées sur le crépi beige : l'image de 1944, jaunie par le temps et encadrée par celles de 1989, n'en a que plus de force. Chaque soir, il contemple le mur avant d'aller se coucher.

Chapitre 27

L'île, mars 1989

François se réveille en hurlant « Jacques » dans la nuit. Il s'assoit dans le lit, haletant. Il revoit son cauchemar : Jacques et lui sont sur un champ de bataille. Baïonnette au canon dans l'aube glacée et laiteuse. Au coup de sifflet, ils montent à l'assaut. Aussitôt, les mitrailleuses allemandes fauchent les premiers soldats. Ça tombe, ça jure, ça gémit. François et Jacques courent en zigzaguant entre les balles qui sifflent. Et soudain, une gigantesque explosion projette les deux hommes en l'air. Ils retombent tels des pantins désarticulés sur la terre gelée. Côte à côte dans le noir et le silence de l'évanouissement.

François est le premier à reprendre connaissance. Il est prisonnier d'un enchevêtrement de barbelés, son bras gauche coincé sous une poutre lui fait un mal de chien. Une fracture sans doute. Il crache la terre qui encombre sa bouche et macule son visage. Il tourne la tête et, pour la première fois depuis le début de cette putain de guerre, hurle comme un porc à la tue-cochon. Là, à sa droite, tout contre lui, le corps de Jacques est une plaie béante. Il ne peut être que mort. Mais François pose tout de même sa main sur son ventre. Il le sent se soulever doucement. Il serre sa main gauche en répétant « Tu vas vivre », « Tu vas vivre, mon fils ».

Quand Jacques reprend conscience, le blanc soleil d'hiver est déjà haut dans le ciel. Mais il ne le voit pas. Il est aveugle et ne sent plus ses bras et ses jambes. François ne cesse de lui répéter « Ça va aller », « On va s'en tirer », « Ils vont venir nous chercher ». Son fils ne répond rien. Il fait mine de ne pas entendre jusqu'à ce que François se hisse sur son bras droit. Une balle ennemie frôle son oreille, mais François s'en fout et s'approche, tout contre Jacques :

« Bon Dieu, regarde-moi, on va vivre, Jacques. On retournera aux cèpes à la Crochère, pêcher des truites dans le bief.

— Je n'y vois plus, Papa. Mes jambes ne me porteront plus jamais dans les forêts qu'on aime tant. Je ne pourrai plus jamais serrer Maman dans mes bras. »

Silence. « Papa, je ne veux pas survivre comme cela. Tue-moi. Je resterai ton fils pour l'éternité. »

François s'est réveillé en nage juste après cette supplique.

Chapitre 28

Camp Pendleton, avril 1989

Le sergent Jack Davis est de mauvaise humeur. Les nouvelles recrues en sont quittes pour une ration de pompes supplémentaires dans le petit matin. « 22, 23, 24, 25... », il compte les mouvements à haute voix mais ses pensées sont ailleurs. Il a passé la nuit à lire et à relire la lettre de François en grillant Camel sur Camel. Quand il l'a décachetée, il a reçu les premiers mots comme un uppercut dans le plexus. « *Monsieur Davis, je n'aurais jamais imaginé écrire un jour à un homme dont tout me dit qu'il est mon fils car je n'ai jamais voulu être père.* » C'est Pierre qui a écrit ces mots en anglais sous sa dictée à la pointe Bic noire sur le papier quadrillé. François en a décidé ainsi après son cauchemar du mois dernier. Ce n'est pas un coup de tête. Il a beaucoup réfléchi en songeant à la phrase d'Anna : « *Un jour, je me dis que je n'ai pas le droit de me dévoiler auprès de cet homme qui ne sait rien de mon existence, que je n'ai pas élevé.* » Elle résonne en lui, le « petit Paris » du Morvan. À sa majorité, l'inspecteur de l'Assistance publique lui avait expliqué qu'il pouvait aller aux archives de la Seine à Paris consulter son dossier d'orphelin. Il avait précisé qu'il était possible qu'il trouve des éléments sur ses origines, sur les circonstances de son abandon. Mais ce n'était pas du tout une certitude. François aurait aussi bien pu se retrouver devant une chemise cartonnée contenant seulement les papiers au sujet de son placement dans une famille de fermiers du Morvan. « Je m'en fous », avait-il lancé, bravache, au fonctionnaire. Au fond, il ne s'en foutait pas. Mais il avait eu peur d'avoir mal, d'apprendre qu'il n'avait pas été désiré, pas aimé. Il ne veut pas faire de mal à Jack Davis. Bien au contraire. Ce dernier connaît les circonstances de son abandon. Il sait qu'il est le fruit d'une rencontre folle dont seul le destin a le secret. François lui raconte qu'il est lui-même orphelin mais qu'il n'a jamais cherché à savoir le pourquoi et le comment. *« Qui sait comment j'aurais réagi si un jour, un homme, une femme s'étaient présentés à moi en disant : "Je suis ton père", "Je suis ta mère" ? J'y ai souvent pensé mais, à soixante-quatre ans, je n'ai toujours pas la réponse. C'est pourquoi je comprendrais votre réaction, quelle qu'elle soit, dans l'hypothèse où vous me répondriez. Vous avez le droit de ne pas me croire, d'être en colère, d'être indifférent. Moi, je n'ai qu'une certitude depuis quarante ans : j'attends votre mère. Je l'aime comme au premier et seul jour où nous nous sommes rencontrés. Je m'étais juré depuis mon adolescence que je n'aurais jamais d'enfant. Et aujourd'hui, je suis le plus heureux des hommes car je sais que vous existez.* »

Pierre avait attendu la suite en tapotant son stylo sur ses dents.

« Et alors ?

— Quoi, et alors ? C'est tout, ça suffit, la balle est dans son camp. »

François avait servi un café tiède à Pierre :

« Ce qui est fou dans toutes ces histoires, c'est que nous sommes tous les trois orphelins de quelqu'un.

— Mais Jack Davis n'est plus orphelin, il est ton fils maintenant, avait fait remarquer Pierre.

— Qui te dit qu'il le vit comme ça ? Il va peut-être déchirer ma lettre après l'avoir lue et m'envoyer me faire foutre.

— C'est vrai. Mais c'est possible aussi qu'il ait envie de te connaître davantage, qui sait, de te rencontrer.

— Je n'y crois pas trop, tu sais. Il a fait sa vie sans moi, sans savoir que j'existais. Regarde-toi, tu t'es bien construit sans père.

— C'est différent, j'ai toujours su qu'il était mort. Ma mère m'a expliqué qu'elle me disait "qu'il était au ciel" alors que je savais à peine marcher.

— Mais tu as de la famille en Allemagne ?

— Oui, à l'Ouest. Du côté de Spire, où mon père avait laissé l'adresse de ses parents à ma mère. Elle leur a écrit après la guerre pour raconter son histoire avec leur fils et ma naissance.

— Comment ont-ils réagi ?

— Ils n'ont jamais répondu.

— Ignorer ainsi leur petit-fils et sa mère, c'est dégueulasse. C'est pour ça que je n'ai jamais voulu chercher à savoir. J'avais trop peur de tomber sur une vacherie.

— Mais François, toi qui as fait la guerre, tu ne peux pas dire ça. Tu sais à quel point on vit des histoires incroyables, hors normes. Regarde-toi, avec Anna… »

Chapitre 29

Vermont, mai 1989

Anna s'assoit sur la petite tombe de marbre blanc. En présence du jardinier, elle caresse de son index droit chacune des lettres d'or du prénom Jacques. Son geste est à la fois doux et plein de colère. Quand elle a fini, elle soupire longuement. Sa décision est prise : « Enlevez cette pierre tombale et détruisez-la. » Le jardinier est stupéfait, il enfonce ses mains dans les poches de sa salopette. « Vous êtes sûre de vous, madame ? » Il l'a vue tant de fois se recueillir devant cette sépulture. Elle lui lance un rire empreint de tristesse : « Il n'y a rien sous cette dalle. Il n'y a jamais rien eu. » Est-elle folle ? Anna anticipe la réaction du jardinier : « Il n'y a jamais rien eu sous cette pierre tombale. Sauf un mensonge. On m'a volé mon enfant à la naissance en me faisant croire qu'il était mort. Cela reste entre nous, hein ? On se connaît depuis assez longtemps. » L'homme acquiesce tristement et demande :

« Et qu'est-ce que l'on met à la place ?

— Des fleurs, des vivaces, des couleurs chaudes pour cet homme qui est bien vivant. Vous pouvez peut-être planter des boutures des rosiers qui sont partout devant la maison. »

Tandis qu'elle entend les coups de masse sur le marbre blanc, Anna s'installe à son bureau dans sa chambre de jeune fille. Elle relit ses cahiers de notes sur *Madame Bovary*, *Eugénie Grandet* et s'attarde sur une édition de *L'Éducation sentimentale*, précieusement reliée. Elle écrit :

« Jacques,

Depuis de longs mois, j'ai hésité à t'écrire car je ne sais pas comment me présenter à toi. J'ai ébauché de nombreuses lettres qui ont toutes fini au panier pour la simple raison que je m'adressais à toi comme une maman. Or, je ne t'ai pas vu sortir de mon ventre. Je n'ai pas entendu ton premier cri. Je ne t'ai pas pris dans mes bras pour te donner ta première tétée. Tu étais déjà parti, déraciné de ma vie. Pire, mort, dans la version mensongère à laquelle on m'a fait croire. Je t'ai pleuré, mais je ne t'ai pas élevé. Je n'ai pas connu tes premiers mots, tes premiers pas, tes premières dents. Je ne t'ai pas vu grandir, tu ne m'as pas vue vieillir. Quand Emma est née, je lui ai chuchoté qu'elle avait un "grand frère au ciel" même si je ne crois plus en l'existence d'un dieu après ce que j'ai vécu durant la guerre en France et en

Allemagne. Jusqu'à ce que j'apprenne que tu étais bien vivant, tu étais comme un ange virevoltant dans mes pensées à la manière des moineaux qui passent devant ma fenêtre. Il suffisait d'un détail pour que tu reviennes te poser sur mon épaule. Des gamins jouaient au basket à Brooklyn et je te voyais parmi eux. Je croisais le marchand de hot-dogs au coin de la rue et nous en mangions un ensemble sur les marches du dispensaire où je suis infirmière. Il y a deux ans, j'ai accompagné un groupe de vétérans que je soigne à un concert de Bruce Springsteen. Quand il a chanté "Born in the USA"*, les gars avaient les larmes aux yeux et moi j'aurais voulu te prendre la main à cet instant-là. J'étais loin d'imaginer que tu avais fait toi aussi le Vietnam.*

Quand je pense à toi, j'ai l'impression de réapprendre à marcher sur un chemin inconnu car c'est à toi d'en décider la destination. Toi seul peux choisir de me voir ou pas. Toi seul peux me faire une place, si tu le veux. Tout ce que je peux te dire, c'est que tu es le fruit d'une histoire d'amour aussi gigantesque que singulière.

Jacques, si tu veux comprendre ce que ton père et moi avons ressenti lors de notre unique rencontre, lis ces mots de Gustave Flaubert, un auteur français que j'aime beaucoup : "Ce fut comme une apparition : elle était assise, au milieu du banc, toute seule ; ou du moins il ne distingua personne, dans l'éblouissement que lui envoyèrent ses yeux.

En même temps qu'il passait, elle leva la tête ; il fléchit involontairement les épaules ; et, quand il se fut mis plus loin, du même côté, il la regarda. Elle avait un large chapeau de paille, avec des rubans roses qui palpitaient au vent derrière elle. Ses bandeaux noirs, contournant la pointe de ses grands sourcils, descendaient très bas et semblaient presser amoureusement l'ovale de sa figure. Sa robe de mousseline claire, tachetée de petits pois, se répandait à plis nombreux. Elle était en train de broder quelque chose ; et son nez droit, son menton, toute sa personne se découpait sur le fond de l'air bleu. Comme elle gardait la même attitude, il fit plusieurs tours de droite et de gauche pour dissimuler sa manœuvre ; puis il se planta tout près de son ombrelle, posée contre le banc, et il affectait d'observer une chaloupe sur la rivière. Jamais il n'avait vu cette splendeur de sa peau brune, la séduction de sa taille, ni cette finesse des doigts que la lumière traversait. Il considérait son panier à ouvrage avec ébahissement, comme une chose extraordinaire. Quels étaient son nom, sa demeure, sa vie, son passé ? Il souhaitait connaître les meubles de sa chambre, toutes les robes qu'elle avait portées, les gens qu'elle fréquentait ; et le désir de la possession physique même disparaissait sous une envie plus profonde, dans une curiosité douloureuse qui n'avait pas de limites." »

Chapitre 29

Les coups de masse se sont interrompus. Le jardinier a emporté les débris de marbre dans une brouette. Il bêche la terre et y plante des rosiers écarlates dont il arrose copieusement les pieds. Anna contemple cet ouvrage. Elle sourit. La vie a chassé la mort. Anna reprend sa lettre :

> *« Jacques, sache que je serai toujours là pour toi, que tout est possible. À toi de décider quelles formes prendront nos relations. Je n'ai pas l'ambition que tu m'appelles Maman car on m'a interdit de l'être en te volant à moi et en te faisant passer pour mort. J'ai juste le désir, que dis-je, le besoin de te savoir aussi heureux que tu peux l'être. »*

Anna ouvre un tiroir du bureau pour prendre une enveloppe. Elle tombe sur un album photo dont les pages ont été collées entre elles par le temps. C'est un recueil de clichés pris lors des vacances sur l'île. Anna avec le pêcheur sur le port ; Anna plongeant depuis la pierre plate des Moines ; Anna lisant sur une chaise longue à l'hôtel des Arbousiers... Anna détache une photo où on la voit assise sur un rocher de la Galère dans le soleil couchant. Au verso, elle écrit au crayon de papier : « *Je viens passer l'été sur l'île.* » Elle la glisse dans une deuxième enveloppe et écrit l'adresse de François au stylo-plume, celui avec lequel, adolescente, elle tenait un journal.

Chapitre 30

L'île, juin 1989

François boit son café dans son quart militaire, assis sur le petit banc qui domine la crique des Moines. Il entend dans son dos le bruit des sandales de Pierre qui descend le raidillon qui passe devant Soleil d'Or. « Va te servir, le café doit être encore chaud. » Pierre vient s'asseoir à côté de François et lui tend une enveloppe. « Je suis passé à la poste, il y avait ça pour toi. » François reconnaît tout de suite le timbre américain. Il pose l'enveloppe sur le banc. « Tu n'es pas pressé de l'ouvrir ? Remarque, depuis le temps que tu attends… », le raille Pierre. François lui frappe l'épaule. « Ta gueule. » Il garde pour lui cette petite joie qu'il ressent toujours pendant une poignée de secondes avant de décacheter les lettres d'Anna. Cette fois, il finit son café, se roule une cigarette, l'allume et ouvre l'enveloppe. Il sourit en contemplant la photo et la montre à Pierre. « T'as vu, c'est la Galère. » Il retourne la photo et change instantanément de mine.

Il est plongé dans une profonde stupeur. Ses lèvres tremblent alors qu'il lit en silence ce qui semble être une courte phrase. « Ça va, François ? » L'autre ne répond pas, continue de bouger les lèvres, figé sur le banc. « Oh, François, il y a quelque chose qui ne va pas ? » Plus rien n'existe autour de lui. Ni le chant infernal des cigales, ni la course folle des goélands. Il en a oublié sa cigarette qui se consume et va bientôt lui brûler les doigts. Il sursaute comme s'il venait de sortir d'un rêve puissant et se tourne vers Pierre qui le dévisage, inquiet. François murmure, hébété : « Elle arrive cet été. » Quarante ans qu'il attend ce moment et le voilà qui passe du rire aux larmes, faisant les cent pas devant Pierre, hurlant son bonheur : « Anna va être là, à Soleil d'Or ! » Il étreint Pierre à lui couper le souffle.

« Tout ça, c'est grâce à toi vieille canaille, si tu n'avais pas joué les fouille-merde en la retrouvant, on n'en serait pas là aujourd'hui.

— Elle dit à quelle date elle arrive ? demande Pierre.

— Cet été. »

François se fige : « Mais c'est maintenant, cet été, bordel ! » Vite, il faut préparer Soleil d'Or pour l'accueillir. Redonner un coup de blanc sur les murs et de bleu sur les volets. Il entraîne Pierre à l'intérieur.

« Qu'est-ce que tu changerais, toi ?

— À part repeindre, je ne vois pas quoi, comme ça tout de suite », dit Pierre.

Il s'attarde sur le lit :

« François, tu devrais changer ton matelas et acheter un peu de linge de maison.

— Du linge de maison ?

— Ben oui, quoi, des draps de bain, des serviettes. Je t'ai toujours connu avec le même torchon à carreaux rouges. Je te soupçonne de l'utiliser pour la vaisselle et pour t'essuyer le corps quand tu ne te sèches pas au soleil. »

François prend un air faussement honteux : « À la guerre comme à la guerre. Tu montes avec moi au bazar pour commander tout ça. Il faut que ça arrive vite. »

Avec les Canadiens père, fils et leurs épouses, ils ne sont pas trop de six à feuilleter le catalogue de La Redoute. François trinque au pastis à chaque article choisi.

« Il te faut une alèse ? suggère la femme du Canadien père.

— Une quoi ? demande François intrigué.

— C'est une toile pour protéger le matelas, répond Pierre.

— Tu m'en diras tant, moi qui ai passé une partie de ma vie à dormir sur la paille.

— Tu as une moustiquaire ? questionne encore l'épicière.

— Ah non, dans le Morvan, on disait que je devais avoir le sang pourri. Jamais piqué. Mais c'est vrai que c'est une bonne idée. »

Il songe à la peau laiteuse constellée de taches de rousseur d'Anna. La commande est presque terminée et l'ivresse déjà bien avancée quand le Canadien père lance à François : « Ce ne serait pas de trop que tu revoies aussi ta garde-robe. Avec tes frusques, on te croirait tout droit sorti de la guerre d'Indochine ! » François est cramoisi d'indignation dans l'hilarité générale. Il tente de se justifier : « Je vais quand même pas défricher le maquis en costard. Et puis de toute façon, Claudia m'avait offert un tas d'habits que je n'ai jamais portés. Je vais pouvoir les mettre, maintenant. » On réussit quand même à le convaincre de commander une paire de chemisettes et un pantalon en toile. « Tu chausses du combien ? » lance son vieux camarade. « 43, 44. » Il va dans l'arrière-boutique et s'en revient avec une paire d'espadrilles de couleur noire. « Tiens, cadeau. » François a bien du mal à retenir son émotion noyée dans le pastis.

Ce qu'il ne sait pas, c'est qu'à cet instant, de l'autre côté de l'Atlantique, Anna appelle l'hôtel des Arbousiers. Elle veut réserver la chambre avec vue sur la mer et le cèdre qui fait de l'ombre sur la terrasse : « Désolé, madame, mais nous avons dû couper l'arbre qui était malade, lui répond une voix lointaine. Mais je peux quand même vous réserver la chambre. Elle comporte un grand lit pour deux personnes. Ça vous ira ? » Anna bégaie un « oui » gêné.

« Pour combien de nuitées ?

— Pardon ?

— Pour combien de nuits, madame ? »
La tête lui tourne, elle allume une Lucky, hésitante.
« Madame, vous êtes toujours là ?
— Disons deux mois à partir du 14 juillet. »

Chapitre 31

L'île, 4 juillet 1989

François a donné rendez-vous à Pierre à la pointe de la Galère pour taquiner la dorade. Mais tandis que le soleil se lève au Point du jour, Pierre s'étonne de son retard, lui qui est si ponctuel d'habitude. À 9 heures, il remonte à Soleil d'Or. La porte est fermée. Il l'ouvre doucement et découvre François dans son lit, ses deux mains croisées sur son ventre. Sa douleur est muette. Pierre prépare le café, lui tend son bol et une tartine de miel de thym.

« Tu devrais prendre ça, suggère-t-il en tendant un antalgique à François qui le balaie de sa main avec agacement.

— Tu sais bien que ça ne me fait rien, grogne-t-il.

— Tu as mal depuis longtemps ?

— Ça me taraude depuis deux jours. C'est la chaleur, ça va passer, ou alors j'ai dû bouffer une merde, soupire-t-il.

— Tu veux que j'appelle la médecin de la côte ? C'est son jour de consultation ici. »

François hausse les épaules : « Si c'est pour qu'elle me refile des drogues qui m'assomment, sûrement pas. » Les deux hommes s'observent longuement en silence. « Ce serait bien si tu pouvais aller chez Claudia pour finir de repeindre les grands volets qui donnent sur la terrasse, demande François. Je vais rester tranquille aujourd'hui. » Pierre acquiesce :

« Tu veux que je te prépare un truc à manger ?

— Non, j'ai pas faim, je suis écœuré, j'ai la chiasse, je vais dormir. »

Le lendemain matin, Pierre revient à Soleil d'Or. Il trouve encore la porte fermée. Quand il l'ouvre, il découvre François allongé sur le sol, sans doute après être tombé de son lit, maculé de merde. Son ventre est gonflé. Il grelotte de fièvre et souffle « Ça ne va pas très fort. » Pierre le lave avec soin. « Désolé », fait François. Jamais la blessure qu'il a reçue en 1944 à la Croix des Moinats, dans les Vosges, ne s'était réveillée aussi violemment. Pierre remet François sur sa couche, l'emmitoufle dans sa couverture, lui fait boire un peu d'eau et court à la poste téléphoner. Dans le bateau-ambulance, François a le regard perdu. La douleur lui fait serrer très fort la main de Pierre. Il songe à Anna en se disant qu'il ne la reverra peut-être jamais. Aux urgences chirurgicales, le diagnostic est sans appel : la pointe d'obus qui navigue dans son ventre depuis quarante-cinq ans a provoqué une septicémie. Ses organes vitaux se dégradent. Les médecins décident de le plonger en coma artificiel et parlent de « pronostic vital engagé ».

Chapitre 32

L'hôpital sur la côte, 6 juillet 1989

Pierre attend Anna sur le quai de la gare. Dès qu'il lui a téléphoné, elle a pris le premier vol pour la France. Il reconnaît tout de suite sa chevelure rousse. Elle demande si elle peut fumer dans la voiture. Elle baisse la vitre, se penche au-dehors et son regard ne quitte plus la mer. Ses souvenirs reviennent comme des vaguelettes. La crique des Moines où elle plongeait parmi les petites dorades. Le vent qui lui laissait un goût salé sur les lèvres. Sa première piqûre de méduse. La soupe de poissons de l'hôtel des Arbousiers dont elle raffolait.

Dans la salle d'attente du service de réanimation, Pierre demande à Anna si elle veut voir François seule. Elle pose la main sur son poignet : « Non, sans vous, il ne serait peut-être déjà plus là. » Le médecin fait son entrée et s'adresse d'emblée à Pierre : « Il n'y a pas d'amélioration. Au contraire... » Pierre désigne maladroitement Anna qui devine qu'il ne sait pas comment la présenter : « Je suis une vieille amie de François, dit-elle avec fermeté. Je l'ai connu à la Libération quand il était soldat. J'étais infirmière militaire dans l'armée américaine. » Le médecin hoche la tête : « Mes respects, madame. N'hésitez pas à me poser toutes les questions que vous souhaitez. Je vais dire à l'équipe que vous pouvez venir à n'importe quelle heure du jour et de la nuit voir votre ami. Mais vous savez, je dois vous dire que son pronostic vital est engagé. En plus de sa blessure, il est en mauvais état général. Il n'a pas dû prendre beaucoup soin de lui dans la vie. » Anna interpelle Pierre du regard : « Disons qu'il vivait de peu. C'est pas le genre à se plaindre. Je ne savais pas pour l'éclat d'obus dans son ventre. »

Pierre a finalement laissé Anna entrer seule dans la chambre. Depuis le couloir, il peut tout voir à travers la porte vitrée. Elle reste longtemps immobile à côté du lit puis se penche et dépose un baiser sur le front de François. Elle joint ses mains aux siennes et lui parle doucement. C'est un long monologue dont Pierre n'entend rien mais il devine beaucoup de mots d'amour, une tendresse infinie à travers les caresses d'Anna.

Il s'attend à la trouver en larmes quand elle ressort de la chambre. Mais elle paraît étonnamment sereine, déterminée, ce qui surprend même le médecin, avec lequel elle échange dans un jargon médical auquel Pierre ne comprend rien. Ils s'assoient sur un banc en buvant un café acheté au distributeur de l'hôpital.

« Je vais trouver un hôtel tout près d'ici, dit-elle.

— Vous ne voulez pas venir sur l'île ? Vous prendriez le bateau tôt le matin et reviendriez par le dernier du soir.

— Non, je veux être près de lui à chaque instant. Et je ne reviendrai jamais sur l'île sans lui », souffle-t-elle les yeux brillants.

Pendant une semaine, Anna veille François jour et nuit, et cherche par tous les moyens à l'atteindre au fond de sa nuit artificielle. Elle lui lit des poèmes, chante, masse sa peau tannée par le soleil. Elle force l'admiration de l'équipe médicale qui l'associe aux soins quand il faut panser les escarres dans son dos. Elle a l'œil sur tout, les perfusions, les machines de réanimation. Elle dort dans un fauteuil à côté de son lit, sa main droite reposant sur la main gauche de François. Épuisée de fatigue, minée par la tension, elle finit par se laisser convaincre par les infirmières d'aller passer une vraie nuit dans sa chambre d'hôtel. Mais à l'aube, elle ne tient plus. Elle retourne à l'hôpital. Quand elle passe devant le « bocal » où les équipes de nuit et de jour se passent le relais, un médecin se lève rapidement : « On dirait qu'il y a un léger mieux. Mais il faut rester prudent, attendre ce que nous diront les prochaines heures. » Anna court jusqu'à la chambre et enlace François.

Dans son coma, il marche en reconnaissance sur une petite route de montagne. À droite, il y a un épais rideau de sapins ; à gauche, des taches de neige sur l'herbe jaunie. Son regard passe d'un accotement à l'autre. La section qui le suit est sur le qui-vive, fait silence. Les hommes sont surtout inquiets à cause des poches de brouillard où pourrait se cacher l'ennemi. L'air sent le feu de bois, les Allemands ont incendié toutes les fermes isolées de la vallée dans leur retraite. François frissonne et remonte jusqu'à son nez le chèche beige que lui a offert un goumier marocain. Il fait un froid de gueux. Encore un virage et ils devraient atteindre le col où ils doivent faire jonction avec un autre groupe d'éclaireurs en provenance de la vallée voisine. François a à peine le temps de découvrir une ferme épargnée et de s'en étonner qu'un violent tir d'artillerie en provient, balayant la route. La section roule dans le fossé pour se protéger. François chute lourdement contre un bloc de granit. Quand il se retourne sur le dos, il ressent comme un coup de poignard dans le ventre. Le sang chaud et poisseux imprègne la laine de ses mitaines. Il a juste la force de se défaire de son chèche et de le placer là où il croit que la plaie se situe. Après, tout se trouble, le ciel gris et bas, les herbes jaunies. Il sent qu'on lui injecte une syrette de morphine et puis plus rien.

Il se revoit devant une salle d'hôpital immense avec des lits serrés comme des sardines. Le chirurgien qui l'a opéré est un géant blond aux pognes immenses. Bras croisés, il sourit : « Vous avez de la chance. Aucun organe vital n'a été touché. Je connais votre ventre par cœur à force d'y avoir enlevé le plus petit bout de ferraille. On a tout bien nettoyé. » François s'entend dire : « Merci beaucoup, docteur » avec le même ton d'enfant qu'il avait eu quand le père de son meilleur ami dans le Morvan lui avait percé un phlegmon dans la gorge.

Il est à nouveau sur une petite route de montagne enneigée. Son chèche sent bon le parfum d'une femme qui chante en anglais « *Over the Rainbow* ». Il la cherche désespérément sous les sapins. Un char Sherman s'arrête à sa hauteur. Un GI sort la tête par la tourelle, hilare : « Eh, le Français, c'est pas ici que tu trouveras l'amour. » Anna enchaîne en français en chantonnant « Petite fleur » à l'oreille de François. Et puis la voix s'éloigne. François voudrait qu'elle reste. Mais elle s'évanouit dans la nuit qui vient. François et sa section bivouaquent dans une grange. Le couple de fermiers qui les accueille semble avoir mille ans. Ils font cailler du lait dans un chaudron en cuivre pour faire de la tomme qui, lorsqu'elle est affinée, est dure comme la pierre. Mais qu'importe, il n'a pas mangé de fromage depuis si longtemps. L'eau-de-vie que lui tend le vieux fermier lui fait oublier la rugosité de la tomme mais lui assèche la bouche. Il crève de soif alors qu'une violente lumière le force à ouvrir les yeux. L'infirmière qui le fixe avec une lampe torche répète en boucle : « Monsieur François, réveillez-vous », « Réveillez-vous ». L'intubation l'empêche de parler. Il hoche la tête. Ses bras et ses jambes sont sanglés au lit. Il a l'impression d'être hérissé de tuyaux. Il ne sait pas si on est le jour ou la nuit, il n'y a pas de fenêtre autour de lui. Il ne sait pas combien de temps il a dormi, il a froid sous la chemise bleu et blanc de l'hôpital. La sonde qu'il a dans la verge lui fait mal. Il ferme les yeux. Sa vie tient à toutes ces machines qui ronronnent autour de lui et aux poches de drogue au-dessus de sa tête. Il n'a pas peur. Mais il ne peut rien faire et ça l'énerve. Il voudrait retrouver le sommeil d'avant. Il finit par s'assoupir.

Une main chaude caresse sa joue et le réveille. Comme au premier jour, ce sont ses yeux verts qu'il découvre. Ils lui sourient. Pendant quelques secondes, il croit rêver. Mais quand elle se rapproche pour lui donner des baisers sur le front et les joues, il reconnaît son parfum et l'odeur du tabac blond. C'est bien elle dont la chevelure rousse effleure son cou. Même les rides de son front lui sourient. Elles plongent dans les yeux toujours aussi noirs qui ne la quittent pas. Il voudrait parler, hurler son bonheur mais il n'y a que des borborygmes qui sortent de sa trachée. Il a des questions plein la tête. « François, mon François, tu as été placé en coma artificiel durant trois semaines. Je suis venue te voir tous les jours. Je te massais, je te chantais des chansons. Et toi, tu dormais profondément. Tu m'as réservé un sacré accueil mais j'étais sûre que tu allais vivre. Tu ne pouvais pas mourir à l'heure de nos retrouvailles. » François mime des figures invisibles avec ses mains. Il s'énerve. « Qu'est-ce que tu veux, mon François ? » Dans son état de confusion post-anesthésie, il réclame une ardoise et une craie mais personne ne le comprend. Il se sent prisonnier d'un scaphandre invisible. Cela va durer quatre jours, ponctués par des hallucinations, mais il est rassuré par la présence d'Anna qui ne quitte jamais sa main.

Quand une équipe médicale entoure son lit, François comprend qu'il arrive à une étape cruciale. On a passé une blouse à Anna qui est présente. « On va t'extuber, tu vas pouvoir respirer tout seul. Écoute bien les consignes que l'on va te donner. » François voit des mains et des yeux concentrés autour de lui quand on s'apprête à lui enlever la sonde de sa trachée. Et soudain, c'est comme si on arrachait toutes les tripes de son corps. Il vomit un flot de sécrétions nauséabondes et sent un puissant courant d'air frais envahir ses poumons. Il respire frénétiquement, inspire un grand « Ah » et expire longuement. Les grands yeux verts et les billes noires ne se quittent pas, mains jointes. Pierre se tient silencieux derrière l'équipe de réanimation. « Si ça continue, ils vont nous faire un petit, là, tout de suite », rigole un interne en donnant un coup de coude à une infirmière. « Cela fait quarante-quatre ans qu'ils ne s'étaient pas vus », souffle Pierre. Les blouses blanches se retournent ébahies.

« Je crève de soif, donnez-moi à boire, s'il vous plaît.

— Pas maintenant, vous risquez de faire une fausse route », répond une infirmière.

Il la regarde, interrogateur.

« À la sortie du coma, l'eau peut passer par vos voies respiratoires et vous asphyxier.

— J'ai l'impression d'avoir une langue de cuir, gémit François.

— Comme après une grosse cuite avec les Canadiens », lance Pierre derrière les blouses blanches.

François le cherche du regard. Une main se lève. « T'es où ? Viens ! » Pierre s'avance au pied du lit. François regarde Anna et l'équipe médicale : « Lui aussi, s'il n'avait pas été là, je serais cané, à l'heure qu'il est. »

Chapitre 33

L'île, août 1989

Anna n'en finit pas de contempler le couchant depuis la terrasse de l'hôtel des Arbousiers. Ce soir, le ciel est un brasier dont les nuages sont des volutes de feu qui se reflètent dans la mer orangée.

« Votre soupe va être froide, lui fait remarquer Pierre.

— Ce n'est pas grave. Ce n'était pas aussi beau, dans mon souvenir.

— Quel souvenir ?

— Avec Peter, avant la guerre.

— Vous faisiez quoi à cette heure-là ?

— On allait aux Moines. Le cuisinier des Arbousiers nous préparait des pans bagnats que l'on mangeait sur la dalle.

— Et après ?

— On attendait que le soleil disparaisse complètement de l'horizon et on plongeait dans la mer une dernière fois. Puis on longeait la côte par le sentier des douaniers. Peter s'assurait que je sois bien rentrée à l'hôtel et il disparaissait dans la nuit.

— Que faisait-il ?

— Il ne me disait rien.

— Il aimait les garçons ?

— Oui, sans doute, mais pas que…

— Vous devez me trouver intrusif ?

— Non, pas du tout. Vous savez beaucoup de choses sur François et moi. Sans vous, je ne serais pas ici. Mais de vous, je ne sais rien. »

Pierre se tartine une épaisse tranche de pain avec de la rouille, penche légèrement la tête en regardant Anna :

« Je laisse François vous raconter plus tard qui je suis. Moi, je ne sais pas faire.

— C'est vous qui dites ça, vous qui avez réussi à apprivoiser François ? Comment vous l'avez rencontré ?

— "Apprivoiser", ce n'est pas vraiment le mot, et ç'a pris du temps. Un soir, il y a quatre ans, je venais de débarquer sur l'île, je cherchais le chemin de mon bungalow. Il était avachi au bord du sentier. Il en tenait une bonne. Ils avaient dû refaire la guerre avec le Canadien. Ç'a été bref. Il a vaguement pointé sa main droite dans la nuit en bredouillant : "C'est par là…" Après, j'ai entendu les habitants de l'île parler d'un vieux fou solitaire qui vivait dans un cabanon construit de ses mains et qui attendait une femme qui n'est jamais venue. Mais au fond, les gens d'ici ont du respect pour François, même s'ils aiment bien se moquer de lui à l'apéro.

— Comment êtes-vous devenus si proches ?

— J'ai commencé à guetter François une nuit de Nouvel An. La lumière était restée allumée tard à Soleil d'Or. D'après ce que je voyais depuis la terrasse de mon bungalow, ce n'était pas habituel. Alors, j'y suis allé discrètement. François vous parlait et moi j'étais convaincu qu'il y avait vraiment une femme avec lui dans son cabanon.

— J'aurais tellement aimé être déjà là…

— Après, c'est devenu une sorte de jeu. Je me mettais à l'affût dans les buissons pour écouter François vous parler. En fait, il faisait comme si de rien n'était mais il savait bien que je l'observais…

— Il ne vous en a jamais voulu ?

— Je ne crois pas. En tout cas, il ne m'a jamais rien dit.

— Mais pourquoi ça a marché entre vous deux ?

— Je crois que c'est parce que je ne l'ai jamais jugé. »

Anna se laisse bercer par la brise venue de la mer, les yeux mi-clos.

« J'ai encore un petit peu faim, dit-elle. On se prend une assiette de pâtes au homard à deux ?

— Allez… François aime beaucoup le “homard aux nouilles”, comme il dit. »

Anna soupire doucement.

« C'est dommage que François ne les mange pas avec nous.

— Elles ne seront que meilleures quand vous les préparerez ensemble à Soleil d'Or, dit Pierre en aspirant un spaghetti.

— Au début, je n'ai pas compris qu'il ne veuille pas faire sa rééducation ici. Vous m'aviez dit que nous aurions pu nous installer dans la maison de Claudia. J'ai un ami kiné à New York qui était prêt à venir se poser sur l'île pour s'occuper de François. Et moi, j'aurais refait ses pansements. »

Pierre hoche la tête :

« Je ne doute pas que tout cela aurait très bien fonctionné. Mais François n'aurait pas supporté que vous le voyiez aussi vulnérable, aussi fragile. Quelques jours après sa sortie du coma, il m'a réclamé son couteau pour déchirer l'opercule d'une barquette de viande et de purée. Quand il a compris qu'il n'avait pas assez de force dans les doigts pour le faire, il a dû me demander de l'aider. À ses yeux, un homme, ça ne se plaint pas, et si ça pleure, c'est dans la solitude du maquis, d'une forêt. Et puis je crois qu'il voulait vous ménager après tous ces jours et toutes ces nuits passés à son chevet. »

Anna allume une cigarette en regardant les petites lumières qui dansent sur la côte.

« Il vous l'a dit ?

— À la François, une poignée de mots et démerde-toi.

— Il a dit quoi ?

— "Il faut qu'Anna retrouve son île. Tu te rends compte, elle n'y est pas revenue depuis un demi-siècle." »

Chapitre 34

Soleil d'Or, août 1989

Quand Pierre l'a quittée après le dîner, Anna s'est allongée sur un transat. Elle y a passé la nuit, traquant les étoiles filantes comme elle le faisait ici adolescente. L'absence d'éclairage public rend la Voie lactée encore plus scintillante. Elle pose la main sur le transat voisin. Elle voudrait que François soit là. Elle lui caresserait l'intérieur de la main, il l'embrasserait dans le cou. Encore un mois à l'attendre, c'est long. Que ce soit à la poste ou à l'hôtel, elle n'est jamais seule quand elle lui téléphone. Elle met sa main sur le combiné pour étouffer sa voix mais elle sent bien qu'on l'épie. Elle murmure des « Je t'aime » entre des banalités qu'elle juge grotesques. Allez donc parler de la pluie et du beau temps sur une île où il fait toujours grand soleil. À chaque appel, François lui demande si elle est allée à Soleil d'Or mais elle répond « non », aussi embarrassée qu'émue. « Prends le temps qu'il te faut », dit François qui sait le moment crucial que sera la découverte de la maisonnette qu'il a construite pour eux deux, il y a plus de quarante ans, de ses mains.

C'est le chant des cigales qui réveille Anna. Enfant, un vieil entomologiste lui avait expliqué que les mâles chantaient ainsi pour attirer les femelles et se reproduire, et que l'on appelait cela « cymbaliser ». Elle plonge dans la piscine de l'hôtel pour se réveiller. Puis elle va s'installer sous la pergola mangée par le rose des bougainvilliers. Le serveur ne cache pas son étonnement quand elle lui réclame des tranches de pain grillées, de l'huile d'olive et de la poutargue pour son petit déjeuner. Elle raffole des œufs de mulet salés et séchés qu'elle râpait sur des pâtes quand Peter s'alimentait encore et qu'il lui parlait de l'île. Peu avant sa mort, il lui avait dit qu'il n'avait jamais été aussi heureux que sur ce bout de rocher brûlant plongeant dans la Méditerranée. Elle a la mer en bouche quand Pierre la rejoint. Ils partagent un grand broc de café noir et fument en silence en regardant la mer recouverte d'une fine gaze de brume. « Alors, c'est le grand jour ? » demande Pierre. Anna hoche la tête, silencieuse, tendue, en se tordant les doigts.

« C'est qu'on a du boulot pour que tout soit net pour le retour du patron.

— Vous appelez François "le patron" ? s'étonne Anna.

— Non, je plaisante, il détesterait ça. »

Anna va passer un short et un T-shirt et rejoint sur la corniche Pierre qui s'étonne qu'elle soit pieds nus.

Chapitre 34

« Je ne me souviens pas avoir mis une paire de chaussures sur cette île. Dès que la navette accostait, je les enlevais. On m'appelait la chevrette. » C'est vrai qu'elle est agile entre les pierres et les racines sur le raidillon qui conduit à Soleil d'Or. Elle s'arrête un instant et se retourne vers Pierre qui la suit : « Et il a apporté tous les matériaux de construction à dos d'homme par ce sentier ? » Pierre acquiesce : « Oui. Le Canadien père lui a donné un coup de main. »

Soleil d'Or apparaît. La maisonnette est plus grande que dans ses rêves. Sur la petite terrasse, côté terre, il y a une table et un banc fabriqués avec du bois flotté. Une crassula trône dans un pot bleu sur la table. À gauche de la façade, le sentier continue en longeant un muret recouvert de géraniums dégageant une puissante odeur poivrée. Anna s'attarde aussi sur les deux bigaradiers et les figuiers de Barbarie qui surplombent la crique des Moines. Elle se voit barbotant il y a cinquante ans avec Peter dans l'anse d'eau d'un bleu très clair à droite de la crique. C'était hier, c'était il y a un siècle. Elle regarde la porte close de Soleil d'Or.

« Je peux rentrer ? fait Anna d'une voix sourde.

— C'est chez vous, je crois, dit Pierre avec gravité. La clé est sous le gros coquillage à droite. »

Anna tremble en la glissant dans la serrure. La porte s'ouvre ; elle met du temps à s'accoutumer à la pénombre. La pièce à vivre est encombrée du matelas et des autres articles que François avait commandés. Anna se faufile dans ce capharnaüm et ouvre les volets. La lumière douce du matin y pénètre. Elle repère tout de suite les photos sur le mur blanc et s'attarde sur celle de l'hiver 44-45. Soudain, elle est en face d'une réalité qu'elle n'avait perçue jusqu'à maintenant qu'en songe. Elle se met bien en face de la photo de leur rencontre et imagine une journée sur l'île qu'elle décrit à François à haute voix : « Ce matin, je me suis levée à l'aube et j'ai fait du thé que j'ai bu assise sur le muret que tu as construit. J'ai arrosé les pieds de tomates. Elles avaient soif. Elles ne vont pas tarder à rougir. Ne t'en fais pas, j'économise l'eau. J'ai toute la mer pour prendre des bains. Je suis d'ailleurs descendue aux Moines à 9 heures. Il n'y avait personne, c'était bien agréable. Puis je suis remontée à la maison passer une robe et mettre derrière ma nuque deux gouttes de Shalimar, le parfum que tu aimes tant. Et je suis montée au village pour aller chercher mon courrier à la poste. J'ai reçu le dernier numéro du *Times* qui a fait sa une sur le cinquantième anniversaire de la Seconde Guerre mondiale. Le Canadien l'a longuement feuilleté tandis que je prenais un café au bazar. On a beaucoup parlé de cette période de notre jeunesse. J'ai acheté un paquet de pâtes. Je vais te laisser, le temps de les préparer avec un filet d'huile d'olive, une gousse d'ail et un peu des piments séchés que tu as récoltés l'année dernière. À tout à l'heure, mon bel amour. »

À cet instant, Anna vacille d'émotion et s'accroche au poêle à bois. Pierre se précipite pour la faire asseoir sur le seul fauteuil de la maison, un cadeau de Claudia à François. Anna a fait le compte de tous les jours où François s'est adressé à elle dans la solitude de Soleil d'Or : au bas mot seize mille jours où il a parlé à cette photo sépia qu'elle ne quitte pas des yeux ; seize mille jours à lui raconter le plus ordinaire de sa vie qui, de ce fait, est devenu extraordinaire pour Anna ; seize mille jours que d'autres prendraient pour un délire sans fin, une attente folle mais qu'elle ressent de toute son âme comme un amour incommensurable. Pierre fait du café tandis qu'Anna n'en finit pas de scruter chaque recoin de la maisonnette. Elle respire à pleins poumons face à la mer pour s'apaiser. Pierre lui tend un bol de café.

« Et maintenant, vous voulez faire quoi ? demande-t-il.

— Ce que vous aviez prévu de faire avant l'hospitalisation de François. »

Pierre écarte les bras :

« On devait préparer votre arrivée. Passer un coup de badigeon sur les murs, repeindre les volets, installer la nouvelle literie et la moustiquaire. Il faudrait aussi que je monte sur le toit changer quelques tuiles qui ont souffert avec les tempêtes de cet hiver.

— Vous savez faire tout ça ? » s'étonne Anna.

D'autres se seraient vexés. Pas lui : « Vous savez, François m'a beaucoup appris et il est très patient. » Anna éclate de rire : « Ça, pour être patient… »

Les jours qui suivent, Pierre et Anna se mettent à l'ouvrage. Elle a voulu apprendre à badigeonner à la brosse. Pierre la trouve très belle, sa chevelure rousse maculée de lait de chaux. Elle fait venir du continent un radiocassette et peint en se trémoussant sur « *Good Times* » de Chic. À l'heure du panier déjeuner que leur apporte un garçon de l'hôtel des Arbousiers, ils écoutent les Nocturnes de Chopin ou *Kind of Blue* de Miles Davis. Anna raconte qu'elle l'a vu plusieurs fois en concert avec Peter et Emma. Ses récits captivent Pierre. Cette femme est si loin de ce que fut sa mère. Il l'a toujours connue dans le noir et le gris du deuil alors qu'Anna est un film en couleur. Elle incarne la liberté quand sa mère était enfermée dans la réclusion de l'opprobre. Elle s'était résignée à la misère quand Anna a consacré sa vie à soulager celle des autres. Mais la principale différence, pour Pierre, est que sa mère n'a jamais vu la mer. Il lui avait promis mais elle est partie trop tôt. Ce regret ressurgit quand il nage aux Moines avec Anna après avoir posé leurs pinceaux.

Tous les soirs, tandis que Pierre boit une bière sur la terrasse des Arbousiers, Anna téléphone à François depuis l'hôtel. Elle lui parle des travaux, lui demande si elle peut poser des rideaux et aménager un petit salon sous la pergola. Elle lui parle de kilim, de table à thé en bois de manguier. François s'y perd mais il est tellement heureux. Il dit « oui » à tout. Il compte les jours qui lui semblent sans fin.

Chapitre 35

Le port, fin septembre 1989

La passerelle de la navette du soir est à peine posée sur le quai que François la franchit, accueilli par le Canadien. Anna et Pierre suivent, encombrés des achats qu'ils ont faits à Hyères et qu'ils placent à l'arrière du pick-up. Le Canadien veut donner le bras à François pour aller jusqu'à l'auto mais l'autre le foudroie du regard. « Je ne suis pas impotent, quand même… »

Sur la terrasse des Arbousiers, on trinque au champagne au retour de François avant de partager une opulente bouillabaisse. François fouille dans la poche de son pantalon, l'air inquiet : « Il est où, mon couteau ?

— Rangé sur l'étagère au-dessus de l'évier à Soleil d'Or, répond Pierre.

— Mais je peux pas manger sans mon couteau ! fait semblant de s'insurger François.

— Tu le retrouveras bientôt, le rassure Anna.

— Comment ça, bientôt ? Tout à l'heure, oui. »

Anna pose sa main sur celle de François : « On va rester quelques jours ici, c'est plus raisonnable. Déjà que tu as voulu sortir plus tôt que prévu. » L'idée de ne pas rentrer tout de suite à Soleil d'Or est d'autant plus insupportable pour François qu'il se réjouissait d'emprunter pour la première fois le raidillon avec Anna, de contempler dans le crépuscule la crique des Moines, de frotter une allumette pour enflammer la lampe à gaz. « Fait chier », grogne-t-il, l'air sombre. Anna ne l'avait jamais entendu jurer. Elle est désemparée. « Viens, François », ordonne le Canadien. Ils font le tour de l'hôtel, traversent une haie de cannes de Provence qui domine la mer.

« Tiens, regarde, tu l'aperçois d'ici, ta maison. Elle n'a pas bougé de place. Tu ne vas pas nous chier une pendule parce qu'on va te chouchouter dans le meilleur hôtel de l'île.

— Mais..., murmure François.

— Mais quoi ?

— Je me faisais une telle joie que l'on y soit ce soir !

— Bon Dieu, t'attends ça depuis quarante ans. Tu peux patienter une poignée de jours de plus.

— C'est bien la première fois que je me laisse faire par une femme. »

Le Canadien est hilare :

« Et alors, ça t'en bouche un coin ? Franchement, je te trouve un peu injuste. Elle veut prendre soin de toi et tu fais la gueule.

— Justement, personne n'a jamais fait ça pour moi…

— Ostie que tu m'énerves ! T'as pas compris qu'on n'a plus vingt ans ? Ce serait peut-être temps que t'acceptes d'être heureux, non ?

— Oui. »

Anna pousse la porte de la chambre 6. François voit le grand lit. Il est un peu remué mais il ne dit rien. Anna le devine avec un petit sourire :

« Tu aurais préféré des lits jumeaux ou un tas de paille ?

— Ben, euh, non… », bredouille François.

Elle s'approche et l'embrasse longuement. Il sent son souffle chaud et le désir qui monte sous son pantalon de toile. « Eh bien, on dirait que ça va mieux, soldat ? » François se sent rougir. Elle lui ôte doucement son pull en coton pour le mettre à l'aise. Mais il a l'air toujours aussi embarrassé. Elle marque un temps d'arrêt. « Attends. » Elle sort de l'armoire deux paréos qu'elle pose sur les deux lampes de chevet de part et d'autre du lit. Une lumière chaude et douce envahit la pièce. « C'est mieux comme ça ? » Il approuve timidement. « Je vais prendre une douche », dit-elle. Il s'empresse de se déshabiller et se glisse sous le drap. Elle revient simplement vêtue d'un tricot de peau blanc. « Mais c'est à moi », s'étonne François. « Oui, je l'avais récupéré quand tu étais à l'hôpital et depuis je le mets tout le temps pour dormir. » Ils se font face dans le lit.

« Tu me racontes une histoire ? murmure Anna.

— Quelle histoire ? demande François.

— Celle de l'homme qui m'attend depuis quarante ans.

— Je sais pas dire.

— Mais si, il suffit de commencer par le début. »

Anna s'endort bercée par les mots de François. Tard dans la nuit, le souffle léger de la mer les réveille. Elle embrasse François et ils s'aiment.

Chapitre 36

L'île, Noël 1989

Les enfants courent sur la terrasse tandis que leur mère et leur grand-mère s'activent dans la cuisine de la villa de Claudia. Anna a fait venir une dinde de la côte pour un menu de Noël dans la plus pure tradition américaine. François met la main à la pâte en préparant la farce de la volaille qu'il assaisonne avec du romarin sauvage et des baies de pistachier lentisque qui font office de poivre. Avec Anna, ils font des projets. Elle va reprendre son activité d'infirmière sur l'île dans un local mis à sa disposition par la mairie. François fabriquera des objets en bois flotté qu'il vendra l'été aux touristes. Après moult hésitations, il a accepté de faire venir l'électricité jusqu'à Soleil d'Or. Anna ne peut vivre sans musique. Elle lui fait écouter la Callas mais aussi Georges Moustaki, qu'il a rencontré chez Claudia. Depuis qu'Anna est avec lui, il se lève tard. Au petit jour, il relance le feu dans le poêle et se rendort dans ses bras. Selon la météo, ils écoutent le ressac se déchaîner aux Moines ou murmurer contre les rochers fauves. Anna se lève la première. Elle fait couler le café et toaste du vieux pain sur le poêle. Une bonne odeur de grillé envahit la maisonnette. Elle prépare des tartines au miel de romarin. Elle y ajoute pour elle des lichettes de vieux chèvre qu'ils vont acheter chaque jeudi au marché sur la côte. Elle dépose le plateau du petit déjeuner entre eux deux. François est encore plein de sommeil quand il plonge dans son mug de café. Il grignote une tartine et se roule une cigarette. Il fume rêveusement tandis qu'Anna écoute la BBC.

« Ça chie à l'Est, qu'elle dit, gourmande de son gros mot.

— Ah ouais, eh bien ce sera sans moi. On a assez donné. »

Anna s'étire. Elle veut aller boire un café au village. Il ne lui dit jamais non, mais il a toujours l'impression qu'on les regarde comme des bêtes curieuses. « La belle et la bête, quoi, comme disait Pierre », songe François. Anna en rajoute avec ses tenues chamarrées et ses talons qu'elle ôte quand elle descend la pente bitumée qui conduit à la corniche des Pins. C'est que le couple fait beaucoup jaser. Pensez donc, la milliardaire et le va-nu-pieds. Il y a celles et ceux qui prétendent que ça ne durera pas. D'autres au contraire disent que c'est une très très vieille histoire.

L'après-midi, qu'il pleuve, qu'il vente ou qu'il fasse soleil, ils s'installent sur la grande pierre plate des Moines. Anna nage tous les jours tandis que François pêche pour la soupe de poissons du soir. Souvent, c'est là que Pierre les retrouve avec son Nikon FE en bandoulière. François ronchonne quand il les photographie. Ils remontent à Soleil d'Or au crépuscule. Pierre dîne avec eux. Anna lui demande ce qu'il est en train de traduire : cela va d'une notice technique pour Mercedes à une biographie de Rainer Maria Rilke. Parfois leurs discussions littéraires ennuient François qui n'y entend rien. Anna le devine et lui caresse la cuisse. Quand ils se mettent au lit, elle lui demande immanquablement « de lui raconter une histoire ». Il lui répond qu'avec « tous les livres qu'elle a lus, c'est elle qui devrait s'y coller ».

Pierre est adossé au cèdre derrière la maison de Claudia. Il sirote du vin de myrte en écoutant sur sa petite radio les dernières nouvelles sur la chute du mur de Berlin. François et Anna jouent avec les enfants qui ont déballé leurs cadeaux. Emma vient s'asseoir près de Pierre qui regarde les lumignons de la côte.

« Ça ne va pas, ose Emma.

— Si, tout va très bien. Fameuses, les langoustes à l'américaine.

— Tu mens très mal. »

Pierre penche la tête en arrière avec un sourire amer :

« Pas sur les langoustes.

— Et le reste ?

— Ça ne regarde que moi.

— Tu dis ça à toutes les femmes ?

— À toutes. »

Silence.

« C'est pour cela que je préfère être seul et que l'on s'est toujours bien entendus avec François. Lui aussi déteste les questions.

— Eh bien moi, j'adore en poser.

— Si ça t'amuse ! Mais je te préviens, tu perds ton temps avec moi.

— Tu es gonflé, c'est quand même toi qui as mis le nez dans les affaires de François et lui as permis de nous retrouver.

— C'était pas pareil.

— Pourquoi ?

— Parce qu'attendre une femme quarante ans, c'est forcément très... intrigant. Non ?

— Oui, d'autant qu'il manque toujours une pièce au puzzle.

— Laquelle ?

— Mon frère Jacques.

— J'ai cru comprendre que tu avais essayé de prendre contact avec lui ?

— Oui, mais je n'ai pas réussi. De toute façon, je ne sais pas s'il aurait voulu entendre parler de nous.

— Ça peut se comprendre.

— Pendant quarante ans, on lui a dit qu'il avait été abandonné et soudain, il a des parents qui sortiraient du bois. Toi, tu ferais quoi ?

— Je ne peux pas te répondre. Mon père a été tué à Noël 44. Et ma mère est morte il y a quatre ans. Je n'ai plus personne.

— Pardon, je ne savais pas.

— Tu ne pouvais pas savoir. François tient sa langue. Et tes parents, à ton avis, ils pensent quoi, pour Jacques ?

— Ma mère est farouchement attachée à la liberté. Elle dit que c'est à lui de choisir s'il veut les voir ou pas. Mais au fond, je pense qu'elle aimerait le serrer dans ses bras. Elle a toujours été dure avec elle-même. Alors elle fait comme si ça n'arrivera jamais. Et François ?

— Je ne sais pas. Il a été abandonné à la naissance et il n'a jamais voulu savoir par qui, pourquoi et comment. »

Anna les rejoint alors sur la terrasse : « Vous venez ? On va manger la bûche. Marron et chocolat. Ma préférée. »

Chapitre 37

L'île, 31 décembre 1989

Pierre trie un monceau de photos. Il a décliné l'invitation des Canadiens à passer le Nouvel An avec Anna et François. Il scrute chaque cliché qu'il a pris depuis quatre ans. Le bleu de la mer et le fauve des rochers qui reviennent sans cesse. Le jaune du mimosa au printemps. Puis le rose des bougainvilliers. Et le cèdre du jardin de Claudia que l'on dirait fossilisé. Il s'arrête sur des clichés en noir et blanc de François, tanné par le soleil, en train de fendre du bois, et d'Anna, qui fume rêveusement sur la terrasse des Arbousiers. On les voit tous les deux nager dans la crique des Moines, marcher main dans la main sur la corniche des Pins, attablés autour d'une soupe de poissons à Soleil d'Or. Son album photo ne contient que quarante-huit pages. Il ne pourra pas tout mettre. C'est compliqué d'y faire rentrer une vie aussi folle. « Il n'y a pas de ratage, il n'y a que des choix », lui avait dit un jour un professeur de littérature comparée à la fac de Strasbourg après une dissertation sur Fassbinder. Pierre n'a jamais été un homme de logique mais d'intuition. Un petit murmure intérieur lui dit de confectionner cet album comme si c'était celui de ses parents si la guerre ne lui avait pas pris son père. Alors, il sélectionne un regard, un sourire, une main qui serre l'autre en prenant soin qu'on y voie toujours un bout de l'île. Depuis l'enfance, il n'a jamais séjourné aussi longtemps au même endroit. Lui-même s'en étonne, qui n'a toujours été attaché qu'à la maison qu'il avait fait construire pour sa mère. Ou plus exactement à cette maison quand sa mère y vivait. À sa mort, il a fait venir les compagnons d'Emmaüs pour tout emporter. Il n'a gardé que la cuillère en bois avec laquelle elle cuisinait et son poivrier. Ces deux objets lui rappellent les pommes de terre sautées, la hampe de bœuf du samedi, la buée sur les vitres froides de l'hiver quand cuisait la soupe poireaux-pommes de terre qu'il détestait. Mais aussi le bruit de la machine à coudre quand c'est lui qui touillait le fricot du jour. Il allume une Camel et sa main droite s'attarde longuement au-dessus de son bloc-notes. Il hésite à écrire une lettre pour accompagner l'album photo. Il tente de se mettre à la place de Jack Davis. Mais rien ne vient. Alors une nouvelle fois, il pense à cet album comme si on avait voulu lui raconter l'histoire de son propre père. Il écrit en anglais : *« Monsieur Jack Davis, j'ai confectionné cet album photo en regardant vivre votre père durant plusieurs années, votre mère et votre sœur durant quelques semaines. C'est un peu une bouteille à la mer, je ne sais pas sur quel rivage elle atterrira. Cordialement. Pierre Cordier. »*

Épilogue

Le petit port de l'île, janvier 1990

Le mistral souffle fort alors que le bateau du matin accoste. Pierre n'a pas voulu qu'Anna et François assistent à son départ. Il porte le sac à dos qu'il avait à son arrivée à l'automne 1985. Il contient un morceau de bois flotté et de la roche fauve de la crique des Moines. Parmi les passagers qui débarquent, il croise un homme à la coupe militaire vêtu d'une veste de combat M65, un sac marin kaki en bandoulière. L'homme semble hésiter à s'adresser à Pierre mais il se tourne vers les Canadiens quand il reconnaît leur accent. Il leur demande en anglais où se trouve Soleil d'Or. Le Canadien père lui explique le chemin. Le soldat se dirige vers le maquis tandis que Pierre monte sur le bateau. Il s'installe à la proue, et le navire s'éloigne. Les embruns lui fouettent le visage. Pierre regarde en direction de l'est. Il part pour l'Allemagne de l'Est en pleine déconfiture chercher la sépulture de son père. À cet instant, il ne sait pas s'il reviendra un jour sur l'île.

Remerciements

Je remercie chaleureusement toutes celles et tous ceux qui m'ont soutenu lors de l'écriture de *Soleil d'Or*.

Crédits

Le Gardeur de troupeaux et les autres poèmes d'Alberto Caeiro
Fernando Pessoa
Traduction d'Armand Guibert
© Éditions Gallimard, 1960

« Dis, quand reviendras-tu ? »
Paroles et musique : Barbara
© Éditions Beuscher Arpège / Éditions François Llenas

NORD COMPO
multimédia

Composition et mise en pages
Nord Compo à Villeneuve-d'Ascq

CET OUVRAGE
A ÉTÉ ACHEVÉ D'IMPRIMER
SUR ROTO-PAGE
PAR L'IMPRIMERIE FLOCH
À MAYENNE EN AVRIL 2024

N° d'édition : 631448-0. N° d'impression : 104818
Dépôt légal : mai 2024
Imprimé en France